D1726205

An Rutgers
Das verlorene Licht

Verlag Friedrich Oetinger, Hamburg

Umschlag von Pieter Kunstreich

© Verlag Friedrich Oetinger, Hamburg 1957
Alle Rechte für die deutschsprachige Ausgabe vorbehalten
Die holländische Originalausgabe erschien bei
Em. Querido's Uitgeverij N.V., Amsterdam,
unter dem Titel HET LICHT IN JE OGEN
Gesamtherstellung: Ebner Ulm
Printed in Germany 1980
ISBN 3 7891 2294 7

1

»Was für ein merkwürdiger Tag, Vater«, sagte Kees, »den werd ich nie vergessen.« Er lag im Gras hinter der Böschung und kaute auf einem Grashalm. Vater rauchte schweigend seine Pfeife. Es kam keine Antwort, deshalb beschäftigte Kees sich weiter mit seinen eigenen Gedanken, während er die am Himmel entlangfliegenden Wolken beobachtete.

»Tante Rieke brauchte immerzu ein neues Taschentuch«, sagte er, »und sie hatte vergessen, ihren Schuh zuzumachen.«

Er sah seine dicke, schwerfällige Tante in dem dunklen Zimmer mit den zugezogenen Vorhängen vor sich. Nur durch einen kleinen Spalt drang ein wenig Licht. Überall im Haus roch es eigenartig und muffig. Er hatte nicht mehr als ein Brötchen hinunterwürgen können, obwohl sie mit leckerer Wurst belegt waren. Zu Hause bekam er solche Wurst selten.

»Es gab sogar Kokosbrot«, sagte Kees.

Sein Vater sagte immer noch nichts. Er starrte in die Ferne, über den Wassergraben, durch die Erlenbüsche und über die Gärtnerei hinweg. Dahinter war Weideland. Und dann sah man die Turmspitze vom Dorf, von wo sie gerade auf ihren Fahrrädern hergekommen waren. Dort hatte Onkel Hermann gewohnt, der jetzt gestorben war.

Kees hatte seinen Onkel nicht gut gekannt. Er war auch nicht traurig, eher erleichtert, weil er jetzt hier im Gras saß und um ihn herum alles licht und grün war. Frühling. An der Erle blühten die Kätzchen schon goldgelb. Für Kees, der noch nie einen Trauerfall in der Familie erlebt hatte, war das Gras noch nie so grün und der Himmel noch nie so blau gewesen wie heute. Das kam durch das dunkle Haus.

»Muß ich auch Trompeter werden wie Onkel Hermann?« fragte Kees. »Weil ich seine Trompete bekommen habe?«

Jetzt antwortete sein Vater. »Wir können unser Hausboot natürlich nach Breukelen schleppen lassen, dort haben sie wenigstens eine Dorfkapelle, in der du mitspielen könntest. In unserer Gegend gibt es nur die drei alten Damen im Schloß, die Noten lesen können.« Er lachte kurz. »Sieh zu, daß du erstmal einen Ton aus der Trompete herausbringst.«

»Darf ich sie jetzt ausprobieren?« fragte Kees. »Hier ist sowieso kein Mensch.« Der Gärtner, der ein Stück entfernt das Land umgrub, zählte für ihn nicht.

»Meinetwegen. Onkel Hermann hätte sich bestimmt gefreut.«

Im Nu war Kees auf den Beinen. Ihre Räder lehnten an einem Baum. Nun ja, ihre Räder – seins hatte er nur ausgeliehen für diesen Tag. Die Trompete von Onkel

Hermann hatte er vorsichtig auf dem Gepäckträger festgebunden. Das Aquarium hatte sein Vater hinten auf dem Fahrrad festgeklemmt.

Ein sonderbares Geschenk eigentlich: Ein Aquarium für jemanden, der selbst auf einem Schiff mitten auf dem Wasser wohnt. Tante Rieke hatte vermutlich gedacht: Der Pieter, der ist ja Maler, der erkennt bestimmt das Schöne daran. Vater hatte ihr auf jeden Fall ein Bild vom Aquarium versprochen, und jeder Schleierschwanz und jeder Segelflosser sollte darauf zu sehen sein. Natürlich war jetzt kein Wasser im Aquarium. Die Fische schwammen in einem großen Einmachglas, so einem altmodischen, wie sie bei Tante Rieke zu Dutzenden im Kellerregal standen. Das Glas steckte in Vaters Fahrradtasche mit einer Verschlußklammer am Deckel.

Vorsichtig, als ob die Trompete aus Porzellan wäre, nahm Kees das Futteral mit dem Instrument vom Gepäckträger. Er ging zu seinem Vater zurück. Plötzlich hörte er über sich ein fremdes, langgezogenes Geräusch.

»Sieh mal, Vater!« schrie er, aber sein Vater schaute auch schon nach oben. Es waren Wildenten auf dem Weg nach Norden. Der Vogel, der voranflog, wurde gerade abgelöst.

Wie gerufen erschienen in diesem Augenblick fünf weiße Gänse – sie kamen um die Ecke einer kleinen Scheune gewackelt. Sie schnatterten aufgeregt.

»Na so was«, sagte sein Vater lachend, und er zeigte
auf das Futteral, das Kees noch unterm Arm hatte.
Kees legte den in abgenutztem Wachstuch eingewik-
kelten Kasten ins Gras und holte das Instrument heraus. Das Messing glänzte so in der Sonne, daß es ihn
blendete. Dann setzte er das Mundstück an seine Lippen, holte tief Luft und blies.
Aber es kam kein Ton. Er hätte den Enten antworten
wollen. Er hätte den Gänsen etwas zurufen mögen, er
wollte direkt in den blauen Himmel hineinblasen, weil
er etwas mitteilen wollte über den merkwürdigen Tag
heute. Aber es passierte nichts. Er merkte nur, daß er
einen roten Kopf bekam.
Enttäuscht ließ er das Instrument sinken. Zum Glück
lachte sein Vater nicht. Er saß mit angezogenen Knien
im Gras und streckte seine Hand nach der Trompete
aus, die Pfeife legte er neben sich. Kees gab ihm das Instrument. Sein Vater holte tief Luft, drückte das
Mundstück an die Lippen und blies. Wahrhaftig, es
kam ein langer, kräftiger Ton, gefolgt von einem zwei-
ten, einem dritten und noch einem vierten, immer wieder andere Töne. Es klang zwar nicht besonders schön,
aber es war immerhin eine Antwort an die Enten. Die
waren jetzt fast nicht mehr zu sehen. Kees mußte lachen, als er sah, wie sein Vater mit schmerzverzoge-
nem Gesicht die Trompete sinken ließ und seinen
Mund mit dem Handrücken abwischte. »Ganz gut, eigentlich. Wo hast du das gelernt, Vater?«

»Als ich Soldat war, Junge.«

»Warst du denn da Trompeter?«

»Aber nein. Bei mir im Zimmer schlief einer, der in der Musikkapelle mitspielte. Deshalb hab ich manchmal so ein Ding in der Hand gehabt. Schau her, so mußt du das machen.«

»Laß mich noch mal«, sagte Kees.

Er nahm wieder das Instrument, und wieder glänzte die Sonne grell im schimmernden Messing, so daß er seine Augen kurz schließen mußte. Einen Moment lang war alles schwarz. Aber als er die Augen wieder öffnete, lag die ganze sonnige, frische Welt vor ihm. Er lächelte und machte es jetzt aus Spaß: Augen zu, Augen auf. Das paßte zu diesem Tag – dunkel und hell.

»Sag mal, passiert heute noch etwas?« hörte er seinen Vater fragen.

Kees setzte die Trompete wieder an die Lippen, holte noch einmal tief Luft und versuchte es so zu machen wie sein Vater. Diesmal kam ein Jammerton heraus.

»Bravo, ein deutlicher Fortschritt«, lobte sein Vater. »Aber komm jetzt, ich glaube, wir müssen los, sonst machen die zu Hause sich Sorgen. Mutter wird ohnehin einen Schrecken bekommen, wenn sie das Aquarium und die Trompete sieht. Also los, wir gehen.«

»Aber wir müssen uns doch nicht so beeilen«, sagte Kees.

Kurze Zeit später fuhren sie gemächlich den Radweg entlang, auf der Straße neben ihnen rasten die Autos vorbei. Nein, Kees wollte sich nicht beeilen, er wollte, daß diese Fahrt mit seinem Vater noch ein bißchen länger dauerte.

»Können wir nicht irgendwo was trinken?« bettelte er. Sein Vater sah sich kurz um. »Hast du Durst?«

Nein, das hatte er eigentlich nicht. Denn bei Tante Rieke in dem dunklen Haus hatte er mehr dünnen Kaffee trinken müssen als ihm lieb war. Darum antwortete er zunächst nicht. Erst nach einiger Zeit rief er nach vorn: »Ich wünschte, du könntest diesen Tag malen, Vater.«

Er trat in die Pedale und fuhr jetzt auf gleicher Höhe neben seinem Vater. Der schaute geradeaus, als er antwortete: »Was verstehst du darunter, diesen Tag malen? Meinst du die Dunkelheit und das Licht? Meinst du den Gegensatz? Der ist immer da, Junge.«

»Stimmt nicht«, sagte Kees. Er dachte: Für mich war es heute das erste Mal. Ich habe so etwas noch nicht vorher gesehen. »Vor allem das Helle«, sagte er dann. Er war ein wenig verlegen.

»Aber das Licht hast du jetzt nach dem Dunkel viel besser gesehen«, antwortete sein Vater. »Weißt du, daß in China die Trauerfarbe weiß ist?«

»Das finde ich viel schöner«, sagte Kees. Doch im selben Augenblick sah er die beiden breiten schwarzen Schuhe von Tante Rieke vor sich mit den aufgegangenen Schnürsenkeln, und ihre dicken Fersen, die Strümpfe mit den Falten und das schwarze Kleid, dessen aufgelöster Saum herunterhing. Er konnte sich das Ganze in Weiß nicht gut vorstellen.

»Aber für Tante Rieke ist schwarz besser«, sagte er.

»Onkel Hermann fand immer alles gut«, sagte sein Vater. »Weißt du, was Großmutter oft von ihm gesagt hat? Hermann ist die Zufriedenheit in Person, hat sie gesagt. Und dann meinte sie, daß ich von meinem Bruder noch viel lernen könnte. Die Zufriedenheit in Person. Wenn du mit der Trompete ein kleines bißchen von seiner Zufriedenheit geerbt hast, kannst du von Glück sagen. Und dann wirst du auch mehr Sitzfleisch haben als ich.«

Kees sah seinen Vater von der Seite an. Er war so ernst heute. Ob das noch immer von der Beerdigung und von dem dunklen Haus kam?

In einer kleinen Wirtschaft abseits vom Wege tranken sie Kaffee und Coca-Cola.

»Hermann war ein guter Mensch«, sagte Kees' Vater, die Kaffeetasse in der Hand, »aber ob man mit Zufriedenheit der Welt viel weiterhilft, weiß ich nicht.«

Kees schwieg, was sollte er darauf denn schon antworten. Auf jeden Fall schmeckte die Cola gut.

Gerade als sein Vater aufstehen wollte, kam eine Gruppe von sieben, acht Jungen vorbei, die sich laut unterhielt und forsch drauflosging. Sie lachten alle, offenbar war einer von ihnen sehr witzig. Aber sie sahen sich nicht an. Manche hatten weiße Stöcke in der Hand, die sie beim Überqueren der Straße vor sich her

11

hielten, andere nicht. Die zwei letzten trugen Plastiktüten mit Schallplatten, offenbar gerade erstanden.

»Blinde Jungen!« sagte Kees betroffen.

»Ja«, sagte sein Vater kurz.

»Aber einer trug Badezeug unterm Arm. Blinde – können die überhaupt schwimmen?«

»Aber sicher, warum denn nicht?«

»Ich weiß nicht«, flüsterte Kees. Er sah den Jungen nach. Jetzt rief einer etwas. Ein anderer lief, um den Vordersten einzuholen.

»Können sie überhaupt nichts sehen?« fragte er ungläubig.

»Einige vielleicht ein wenig«, antwortete sein Vater.

»Ich möchte lieber tot als blind sein«, sagte Kees und dachte an all das, was er an diesem Nachmittag gesehen hatte.

»Du kannst doch nicht mitreden«, sagte sein Vater. Dann schwiegen beide, und Kees schaute den Jungen nach, solange er sie noch sehen konnte. Sie gingen schnell, manche von ihnen ein wenig gebückt. Wie konnte man auch gerade gehen, wenn man kein Licht sah und Angst haben mußte zu stolpern oder gegen etwas zu laufen? Aber die meisten gehen doch gerade, dachte Kees erstaunt.

Er starrte den Jungen nach, bis sie um die Kurve verschwunden waren. Er war so in Gedanken, daß er zusammenfuhr, als sein Vater sagte: »So, nun trink das Zeug aus, wir wollen weiter.«

Er trank die lauwarm gewordene Cola lustlos aus und stieg auf sein Fahrrad. Ein ganz, ganz merkwürdiger Tag war das heute. Sonst war es anders: Man ging in die Schule, spielte, machte Unsinn, sprang über Wassergräben, angelte, lehnte am Brückengeländer, schwamm, ärgerte Ankie, wusch ab und machte Schularbeiten, las vielleicht noch ein bißchen und sah Vater beim Malen zu. Aber wie ausgefüllt diese Tage auch waren, es waren doch ganz gewöhnliche Tage. Man würde sich an nichts Besonderes erinnern. Aber so ein Tag wie heute . . . Plötzlich sah er wieder die weißen Gänse, wie sie schnatternd um die Ecke der schwarzen Scheune gewackelt kamen.

Weiß und schwarz, dachte er — und noch an viele andere Farben. Vielleicht werde ich auch Maler, wenn ich erwachsen bin, genau wie Vater. Und dann benutze ich ganz andere Farben, viel kräftigere — und ich werde nicht auf einem Hausboot leben, wo es viel zu eng ist und wo man im Winter ringsum das Eis weghakken muß, weil sonst das Haus kaputtgeht. Ich will . . .

»Vorsicht, Kees!« rief sein Vater. »Oder willst du unter ein Auto kommen?«

»Ja, Vater«, sagte Kees. »Nein, meine ich«, stotterte er verwirrt. Der Autofahrer, der gerade aus dem Seitenweg kam, drohte ihm mit der Faust.

»Denk daran, wir hätten dich nicht so gern in einer Klinik«, sagte sein Vater lachend, der jetzt sah, wie erschrocken Kees war. »Wir können das Geld besser verwenden. Was hältst du zum Beispiel von einem neuen Ruderboot?«

»Oh, Vater«, rief Kees und wurde ganz rot vor Freude, »meinst du das wirklich?«

»Mutter schwebt immer in tausend Ängsten, wenn sie dich in deinem alten lecken Kahn auf dem Wasser sieht«, sagte Vater. »Der sieht ja eher nach einem durchlöcherten Waschzuber aus als nach einem Boot.«

»Ich kann doch schwimmen!« rief Kees entrüstet.

»Kleine Jungen überschätzen sich manchmal«, sagte sein Vater.

»Klein!« protestierte Kees. »In drei Wochen werde ich dreizehn.«

»Und wenn schon«, sagte Vater.

»Wart's nur ab!« sagte Kees lachend, und er dachte wieder an diesen Nachmittag, an dem für ihn eine Welt voller Licht aufgegangen war, aber das konnte er seinem Vater nicht erzählen, auch wenn er Maler war.

Und er dachte an seine Trompete und an alles, *alles,* was er noch vorhatte.

In drei Wochen würde er dreizehn werden. Jawohl!

2

»Mutter, kann ich einen Eimer und eine Bürste haben?
Ich möchte meinen Schuppen saubermachen.«
»Willst du nicht erst für die Kaninchen Futter holen?«
fragte die Mutter, nachdem sie zwei Wäscheklammern
aus dem Mund genommen hatte; sie hängte gerade
Wäsche auf.
»Nein, das will ich danach machen. Zusammen mit
Omas Gerd.« Omas Gerd war sein bester Freund. Er
war lang wie eine Bohnenstange; sein eines Bein war
etwas kürzer als das andere. Sein Vater und seine Mutter waren tot; so wohnte er bei seiner Großmutter. In
der ganzen Gegend wurde er nur Omas Gerd und niemals Gerd Jansen genannt. Ob Gerd das recht war, danach wurde er nicht gefragt.
Übrigens wurde Gerd überhaupt nicht gefragt. Seine
Großmutter war eine bissige alte Frau, die Gerd her-
umkommandierte, wie es ihr gerade paßte. Sie meinte
es nicht schlecht mit ihm, aber Gerd mußte einsehen,
daß *sie* der Herr im Haus war. An diesem Morgen hatte
sie Gerd gesagt, daß er das Hinterhaus saubermachen
sollte.
Und dabei war heute der 30. April, und die Jungen
hatten angeln wollen, um den Geburtstag der Königin

zu feiern. All das Faulenzen sei zu nichts gut, hatte die Oma gesagt, und außerdem sei morgen Sonntag und da könne Gerd von ihr aus den ganzen Tag auf der faulen Haut liegen, wenn er aus der Kirche käme. Und jetzt los! Flink mit dem Schrubber und ein paar Eimern Wasser das blau gekalkte Hinterhaus geputzt. »Kees kann so lange warten. Der läuft dir nicht weg.«

Es blieb Kees nichts anderes übrig, als in der Zeit seinen Schuppen sauberzumachen. Schaden konnte das nicht bei all den Spinnweben, die es in den Ecken und zwischen den Latten gab. Übrigens roch es heute gut nach Sonne und Teer; es ging ein frisches Lüftchen, und die Wellen des Flusses schlugen beständig gegen die Schuppenwand.

Kees' Schuppen war eigentlich ein abgeteilter Winkel in einem alten Bootshaus, das einem Bauunternehmer gehörte. Der wohnte nicht weit weg, er hatte auch das Atelier von Kees' Vater gebaut. Eines Tages hatte er zu Kees gesagt: »Wenn du den alten Kram und die dreckigen Farbtöpfe in unserer Scheune zusammenräumst, kannst du da deine Sachen hinstellen. Ein Junge braucht sein eigenes Plätzchen, und dafür ist in eurem alten Hausboot nicht genug Raum. Meinetwegen kannst du dir auch mit dem Holz, das hinter unserer Scheune liegt, einen kleinen Verschlag machen. Gerd wird dir sicher dabei helfen.«

Und Gerd hatte ihm geholfen. Der konnte schreinern wie ein Zimmermann, viel besser als Kees. Aber kämpfen konnte Kees wieder besser, und wenn es nötig war, half er Gerd. Manchmal wurde Gerd von den Jungen gehänselt, weil er so lang und so dünn war und weil er humpelte. Er machte sich nichts aus den Jungenspielen auf dem Schulhof, und von den dummen Witzen, die sie erzählten, wollte er nichts wissen. Das war für Kees oft nicht leicht, denn die Spiele konnten ihm nie wild genug sein, und über die Witze mußte er lachen, wenn sie auch noch so albern waren. Aber daß Gerd, obwohl er sich manchmal schroff und ablehnend verhielt, mehr wert war als ein halbes Dutzend von den anderen Jungen zusammen, das hatte Kees längst durchschaut. Gerd war still, aber mit Gerd konnte man sich wirklich unterhalten; er verstand ihn. Und Gerd konnte er alles erzählen, auch von dem merkwürdigen Tag, an dem Onkel Hermann beerdigt worden war. Gerd konnte auch schon besser auf der Trompete blasen als er.

Als Kees mit alten Holzschuhen an Deck des Hausbootes ging, weil er schmutzige Arbeit vor sich hatte, fuhr ein schnittiges Motorboot vorbei. Es war mit kleinen Fahnen geschmückt, und im Bug standen zwei Mädchen in weißen Hosen und bunten Pullovern. Die eine hupte, weil die alte Brücke für das Motorboot hochgezogen werden mußte. Die andere zeigte mit ausgestrecktem Arm auf das Hausboot und rief kichernd: »›Der Nußbaum‹? Was für ein blöder Name für ein Schiff.«

Kees streckte ihnen die Zunge heraus und brummte böse vor sich hin: »Alberne Gänse!«

Es passierte oft, daß Vorbeifahrende zu ihrem Boot hinübersahen. Die meisten bewunderten es, denn es gab auch eine Menge daran zu sehen. Mutters schöne Pflanzen hinter den großen Fenstern, vor allem aber die herrliche Galionsfigur, die Vater auf das Vorschiff gestellt hatte. Das sollte de Ruyter, ein berühmter holländischer Admiral, sein. Vater hatte ihn gerade neu angestrichen, den Hut blau, die Locken darunter braun, die Jacke blau mit roten Aufschlägen und die Weste weiß. Der Name des Schiffes leuchtete in hellblauen Buchstaben mit goldenen Verzierungen: Der Nußbaum.

Blöder Name für ein Schiff? Aber wenn die Familie doch nun einmal Noot* hieß? Er, Kees, hieß Cornelis Noot. Ob das nun jemand blöd fand, berührte ihn nicht.

»Dumme Gänse«, sagte er noch einmal böse. »Sind selber blöd.« Mit dem leeren Eimer und den Bürsten darin ging Kees über den Laufsteg an Land und den Pfad ihres kleinen Gartens entlang, in dem jetzt die Wäsche über dem Rasen flatterte. Er sah sich nach seiner Mutter um, die gebückt dastand und etwas säte.

»Was säst du?« rief Kees.

»Kapuzinerkresse«, antwortete sie, ohne sich umzusehen.

* Noot heißt auf deutsch Nuß.

18

Mutter hatte eine glückliche Hand für Pflanzen und Blumen. Man brauchte sich nur das Gärtchen anzusehen. Gewiß, es war klein, aber es war das schönste weit und breit. Eine Menge feuerrote Tulpen standen neben einem Beet mit blauen Hyazinthen, und dahinter standen hohe weiße Narzissen. Die Mutter hatte dafür gesorgt, daß rechtzeitig die holländischen Farben im Garten leuchteten, zum Geburtstag der Königin. Kees lächelte.

Vor der Bank, unter der großen alten Trauerweide mit ihren langen gelben Kätzchen lag Ankie auf den Knien und malte. Was sollte das nur wieder werden? Sicher wieder ein Haus mit einem Schornstein, aus dem Rauch herauskam. Ob alle Kinder das so machten oder gerade die Kinder, die auf einem Hausboot lebten und sich deshalb nach einem richtigen Haus sehnten?

Ach, mit Ankie konnte man einigermaßen auskommen. Auf alle Fälle war sie nicht so eine alberne Gans wie die beiden vorhin mit ihrer Schiffshupe; die lagen noch immer vor der Brücke und warteten. Tante Kee hatte es nicht eilig damit, die Brücke hochzuziehen. Offenbar dachte sie, man könne doch heute am Geburtstag der Königin nicht von ihr erwarten, daß sie sich beeile.

Aber Gerds Oma hatte es eilig. Sie hatte die ganze Einrichtung nach draußen geschleppt und machte alles für den Sonntag sauber. Über den Pfad hinweg konnte

Kees ihren kleinen weißen Haarknoten sehen, wie er über den Johannisbeersträuchern hin und her wippte.

Das Häuschen der Großmutter stand am Deich; das Hinterhaus reichte tiefer hinunter und hatte zwei Stockwerke. Da nun arbeitete Gerd. Gelassen ertrug er Omas Putzwut, weil er mit seinen Gedanken ganz woanders war.

Kees mußte wieder lächeln. Er ging mit seinem Eimer an den Kaninchenställen vorbei, über moorige Wiesen, immer am Fluß entlang bis zur Scheune, die früher mal das Bootshaus gewesen war. Sie war aus geteerten Latten gebaut, durch die der Wind blies. Jetzt lag allerlei Gerümpel darin. Leitern, Fässer, und sogar ein altes Auto stand da.

Kees schöpfte einen Eimer Wasser aus dem Fluß, stieß mit dem Fuß die knarrende Tür auf und ging hinein. Das gedämpfte Licht im Innern empfand er als angenehm, und er freute sich an dem Spiel der Sonnenstrahlen, die zwischen den Latten einfielen. Alles schien sich zu bewegen, auf dem staubigen Erdboden tanzten die Sonnenflecken.

So, jetzt wollte er zuerst den ganzen Kram hinaustragen, so wie es auch Gerds Oma gemacht hatte, und dann tüchtig Wasser in alle Ecken und Winkel gießen. Bald floß und triefte das Wasser überall auf dem Boden und bildete in dem Staub kleine sich schlängelnde Bäche. Kees holte noch einen Eimer Wasser und noch einen und noch einen. Aber plötzlich hatte er keine

Lust mehr. Er setzte sich draußen auf einen alten Baumstumpf und schaute über den Fluß, dessen Wasser das Gras, die Schwertlilien, die Sumpfdotterblumen und das Schilf in Bewegung hielt.

Er überlegte, wie es wohl war, in einem Haus zu wohnen, in der Stadt zum Beispiel. Nein, das ganz bestimmt nicht. Sich vorzustellen, auf was alles man in der Stadt verzichten müßte! Nein, um nichts in der Welt wollte er das. Aber ein Häuschen hier am Fluß. Da drüben zwischen den andern, die am gegenüberliegenden Ufer bei der Brücke gebaut wurden und von wo man so einen schönen Blick über die Wiesen hatte. Vom Dachboden aus konnte man dort bestimmt bis nach Amsterdam sehen.

Das muß man sich vorstellen, ein Haus mit vielen Zimmern, einem großen Boden und einem Badezimmer! Ein Garten ringsherum und ein Abstellraum für die Fahrräder. Darin könnte er sicher eine richtige Hobelbank aufstellen, und in der Küche würde es bestimmt eine Wasserleitung geben. Nicht mehr das ewige Wasserholen bei Gerds Oma, nicht mehr das ewige Pumpen, wobei man immer noch einen Extraeimer für die Großmutter pumpen mußte. Sein Vater machte das natürlich nicht. Der sagte einfach: »Zu Gegendiensten gern bereit.« Aber *er*, Kees, er mußte pumpen!

Und dann, wenn es einen Fahrradraum gab, gab es natürlich auch Räder. Das war doch klar. Dann brauchte man sich keins mehr zu leihen wie neulich, als er mit Vater zum Begräbnis von Onkel Hermann gefahren war.

Die Mutter könnte die ganze Wäsche auf einmal waschen und nicht mehr wie jetzt immer nur ein bißchen, weil sie nicht genügend Platz in dem kleinen Laderaum hatte.

Und der Vater könnte sich endlich ein richtiges Atelier mit einem großen Fenster nach Norden bauen. Und die Galionsfigur von Admiral de Ruyter könnte man neben die Haustür stellen, eine richtige Haustür mit einer Klingel und einem Messinggriff.

Er mußte sich doch die neuen Häuser noch einmal anschauen. Sicher war man mit dem Bau schon wieder ein Stück weiter als neulich. Mal sehen, ob Gerd mitgehen durfte, wenn sie Futter für die Kaninchen geholt hatten.

War das schön, so am Fluß in der Sonne zu sitzen. Aus dem Wasser stiegen kleine Luftblasen auf; da war wohl nur ein kleiner Fisch. Wenn Gerd endlich fertig war, konnten sie ja auch Kröten suchen. Doch nein, Kees wollte gern die neuen Häuser sehen.

Übrigens konnte man dort auch herrlich spielen, über die Balken laufen und im Dachstuhl rumklettern. Nur schade, daß Gerd nicht richtig mitmachen konnte. Aber dafür war er in andern Dingen doch sehr geschickt, so beim Schreinern und Rechnen, und was wußte er nicht alles von Pflanzen und Tieren. Gerd kannte alle Vögel und wußte über ihre Lebensgewohnheiten Bescheid. Und wie gut er alles erklären konnte; schade, daß ihn seine Oma nicht länger in die Schule lassen wollte. Sobald wie möglich sollte er in die Lehre gehen. Er, Kees, würde dann auf die höhere Schule in Hilversum kommen; seine Eltern wollten das so. Aber bestimmt mußte er dann ein Rad haben, denn das Fahren mit dem Autobus war noch teurer.

Da kam Ankie angelaufen. Sie rief etwas. Zwischen den dicken Stämmen der alten Weiden sah sie in ihrer karierten Hose genau wie ein Zwerg aus. Wenn sie wenigstens nicht die furchtbaren orangeroten Schleifen im Haar gehabt hätte!

Kees tat auf alle Fälle so, als ob er sie nicht hörte und sähe. Schließlich konnte sie ja näher kommen, wenn sie etwas von ihm wollte.

Plötzlich stand sie neben ihm und hielt ihm ihre geschlossene Faust hin. »Sieh mal«, sagte sie und öffnete die Hand; darin lag der erste blauglänzende Mistkäfer dieses Jahres.

»Den kriegst du, wenn du mir einen Rahmen für meine Zeichnung machst«, sagte sie.

»Hast du nicht etwas anderes?« fragte er.

»Nein«, sagte sie und hielt ihre Zeichnung auf dem Rücken versteckt.

Kees deutete mit dem Kinn darauf. »Was hast du gemalt?«

»Etwas zum Muttertag«, sagte Ankie, »ein Haus.«

»Das hab ich mir doch gedacht!« lachte Kees spöttisch.

»Na ja, gib nur her. Ich werde dir schon was basteln; dann habe ich auch ein Geschenk. Und den ekligen Käfer kannst du behalten.«

»Aber es ist *meine* Zeichnung«, protestierte Ankie.

»Wie du willst«, antwortete Kees. Er stand auf und schlenderte in den Schuppen.

»Mutter hat gesagt, du sollst den Eimer und die Bürste wiederbringen. Und du sollst den Laufsteg schrubben. Aber sauber! Und ich hab schon alles gemacht, was ich mußte. Und wenn du so eklig bist, dann will ich gar keinen Rahmen von dir. Dann frag ich Gerd, damit du's weißt. Der kann das viel besser!«

»Dann tu das doch«, brummte Kees gleichgültig, ohne sich umzudrehen. Aber er hatte doch ein bißchen Angst, daß Ankie ihm Gerd für heute nachmittag abspenstig machen könnte.

»Außerdem scheinst du nicht zu wissen, daß noch lange nicht Muttertag ist«, fügte er hinzu.

»Puh, schon morgen in einer Woche«, erwiderte Ankie eigensinnig.

Wütend packte Kees einen ihrer Zöpfe und sagte: »Daß du dich nicht unterstehst, Gerd jetzt mit deinem Kram zu kommen. Hörst du!«

»Da werde ich dich grad drum fragen!« rief Ankie. Sie riß sich los und lief davon. Verlegen blieb Kees mit einer orangeroten Haarschleife in der Hand stehen.

Langsam packte er den Eimer und die Bürste und ging

24

damit nach Hause. Seine Mutter war dabei, das Deck zu reinigen.

»Ich mache nur den Laufsteg sauber und sonst nichts«, brummte Kees ärgerlich.

Endlich war es dann doch soweit, daß Gerd und Kees miteinander zu den neuen Häusern gehen konnten. Gerd hatte keine große Lust dazu gehabt, aber er hatte nachgegeben. »Weil heute die Königin Geburtstag hat«, hatte er lachend gesagt. Dann zeigte er Kees eine klebrige Tüte mit Bonbons.

»Die habe ich von der Oma gekriegt«, sagte er, »weil ich so viele Ohrwürmer hinter den Fensterläden erwischt habe.«

»Die neuen Häuser haben keine Fensterläden«, sagte Kees.

»Es werden langweilige Kästen, wie Butterbrote mit nichts drauf«, meinte Gerd.

Kees mußte lachen. »Was da wohl für Leute einziehen werden?« sagte er.

»Sicher welche aus der Stadt mit Wagen auf Raten vor der Tür. Nichts als Angeberei, paß mal auf«, prophezeite Gerd.

Kees hätte gern über seine Träume von heute mittag geredet. »Vielleicht sind die Häuser doch nicht so schlecht«, fing er vorsichtig an.

»Wir können sie ja mal ansehen«, sagte Gerd bereitwillig. »Vorige Woche sahen sie noch nach nichts aus.«

Es war eine ganze Siedlung, die gebaut wurde, wenigstens sechs breite, kurze Straßen. Überall lag Material herum: Betonpfähle zum Einrammen, Fensterrahmen, fertige Türen. Da waren Baubuden, Schubkarren und zwei Mischmaschinen. Gearbeitet wurde heute nicht, da Feiertag war. Der Wächter war nicht zu sehen, der döste wohl in seinem Häuschen vor sich hin. Auf einem riesigen Sandberg spielten drei kleine Jungen. Etwas entfernter hörten sie die Stimmen älterer Jungen.

»Ich wette, dort spielt Freek mit den anderen«, sagte Kees. Er sah, wie Gerd das Gesicht verzog. Gerd konnte Freek nicht leiden. Freek war ein Angeber und ein roher Bursche. Er war der Älteste in ihrer Klasse und glaubte deshalb, das große Wort führen zu können.

»Manchmal kann man ganz gut mit Freek spielen«, sagte Kees, der Lust zum Toben hatte. Und er schlenderte weiter.

Gerd kam langsam mit, obwohl er eigentlich nicht wollte.

Gerade als Kees und Gerd bei den Häuser ankamen, wo die anderen Jungen auf den Balken herumturnten, fiel ein Junge herunter. Ganz blaß und mit zerschundenem Knie stand er auf und humpelte davon. Danach war den anderen wohl auch der Spaß an der Kletterei vergangen.

»Laßt uns Verstecken spielen«, schlug Kees vor.

»Du hast doch gar nichts hier zu suchen!« schrie Freek
von einem Balken zu Kees herunter.

»Mach keinen Quatsch«, antwortete Kees. »Spiel mit,
es wird schon Spaß machen.«

»Sicher, mit so'nem Hinkebein; der kann ja nicht mal
richtig laufen!« schrie Freek zurück.

»Komm doch runter, Feigling!« rief Kees hinauf.

»Aber du hast ja Angst! Die Prügel von neulich hast du
bestimmt noch nicht vergessen!«

Alle Jungen schrien durcheinander. Nur Gerd stand
ganz ruhig da. Er wußte genau, daß sich alle auf eine
Rauferei zwischen Kees und Freek, die beide gleich
stark waren, freuten. Nur daß gerade er wieder den
Anlaß dazu geben mußte!

Aber Kees raufte eben gern.

Gerd trat etwas zurück, während die Jungen einen
Kreis um Kees und Freek bildeten.

»Na los!« kam es von allen Seiten.

»Auf ihn, Freek, gib's ihm!«

Kees spuckte in die Hände. Freek sprang ihn an, doch
Kees schüttelte ihn gleich wieder ab. Dann flogen
beide nur so aufeinander, und man sah einige Minuten
lang nur einen Knäuel von Armen und Beinen. Mal lag
Kees oben, mal Freek, dann wieder Kees.

»Jetzt, Kees!«

»Gib's ihm ordentlich, Freek!«

Die meisten waren für Freek und gegen Kees, der ja
eben erst gekommen war. Aber vielleicht eben darum

nahm Kees alle Kraft zusammen. So dauerte es nicht lange, bis er Freek besiegt hatte; mit beiden Schultern berührte er den Boden. Die Jungen zählten bis zehn. Freek wurde dunkelrot vor Wut, aber es half alles nichts; er hatte verloren.

Die Jungen jubelten jetzt Kees zu. Der stand auf, klopfte seine Kleider ab und sagte: »So, nun spielen wir Verstecken.«

Alle waren damit einverstanden, auch Freek hatte nun nichts mehr einzuwenden. Großmütig bot ihm Kees an: »Du kannst abzählen.«

Nur Gerd hatte keine Lust mitzuspielen. Er wollte sich lieber die Bauplätze ansehen und schlenderte davon. Hinter sich hörte er die Jungen laut schreien. Kees hatte anscheinend völlig vergessen, weswegen sie hergekommen waren.

Gerd zuckte die Achseln. Richtig mitmachen konnte er beim Versteckspiel sowieso nie, weil er nicht so schnell zum Anschlag laufen konnte wie sie. Er fiel auch leichter hin als die anderen. Kees fiel fast nie hin, wenn er auch noch so schnell rannte.

Jetzt stand Gerd zwischen drei alleinstehenden Häusern und einer Baubude. Hinter einem Holzzaun sah er eine Grube mit ein paar Brettern darüber. In der Grube war eine breiige Masse. Die Kalkgrube, dachte Gerd.

In diesem Augenblick hörte er hinter sich Jungen laufen. Es waren Freek, Joost und Kees.

»Kommt mit«, rief Freek, »ich weiß ein gutes Versteck!«

Er lief direkt auf die Kalkgrube zu und zwängte sich durch den Bretterzaun. Joost machte es Freek nach, und Kees war schon mit einem Bein durch, als er Gerd rufen hörte: »Nicht dahin! Da ist die Kalkgrube. Die ist gefährlich!«

Aber Kees zuckte nur mit den Schultern, und Freek rief: »Der hat Angst vor seiner Oma!«

Gerd ging wütend weg. Er war noch keine zehn Schritte gegangen, als er einen gellenden Schrei und ein Plumpsen hörte, danach lautes Rufen. Er drehte sich um und sah Freek und Joost winken. Also war Kees in die Grube gefallen.

Verzweifelt schaute sich Gerd nach etwas um, womit er Kees helfen konnte. Da lagen einige Bretter. Er packte eins davon und rannte los, warf es über den Zaun und kletterte hinterher. Kees stand bis zu den Hüften in dem Brei und kam nur mit Mühe von der Stelle. Eine Hand hielt er vor seine Augen, mit der anderen tastete er wie ein Blinder. Er war ganz grau von dem Kalk, der auch aus seinen Haaren tropfte.

Gerd streckte ihm das Brett entgegen. Aber Kees konnte es nicht sehen. Während Joost fortlief, um Hilfe zu holen, stand Freek hilflos herum. Erst als Gerd sich hinlegte und Kees mit der Hand zu erreichen versuchte, legte er sich auch hin und versuchte das gleiche.

Gemeinsam zogen sie ihn heraus, und Kees half dabei, so gut er konnte.

»Wie das brennt«, stöhnte er. »Meine Augen! Ich kann überhaupt nichts sehen.«

Die Jungen fühlten, wie ihnen der Kalk auf den Händen brannte. Gerd wischte Kees mit seinem Taschentuch und dann mit seinem Hemd, das er ausgezogen hatte, den Kalk von Gesicht und Armen. Die Haut war rot und wie verbrannt.

»Keine Angst«, flüsterte Gerd. »Wir bringen dich sofort zum Arzt.«

Kees nickte nur. Er stand gekrümmt da und preßte die Lippen fest aufeinander. Die Hände hatte er noch immer vor den Augen.

»Kommt mit«, sagte Gerd jetzt, und machte einem der anderen Jungen, die hinzugekommen waren, ein Zeichen, Kees auf der andern Seite am Arm zu nehmen. »Komm!«

Sie gingen mit ihm los.

»Das habe ich nicht gewollt«, hörten sie plötzlich Freek mit heiserer Stimme sagen.

Niemand antwortete ihm. Aber auf einmal trat Kees wütend mit dem Fuß nach hinten, in die Richtung, aus der Freeks Stimme kam. Und dann begann er plötzlich laut zu jammern. Seine Augen schmerzten unerträglich. Und auch in seiner Nase tat es weh. Das Brennen machte ihn fast wahnsinnig.

Gerd und Franz zogen ihn regelrecht mit. Weinend lief

30

er zwischen beiden; die Angst hatte ihn gepackt. Hoffentlich war der Arzt zu Hause.

Alle Jungen trotteten hinter ihnen her über die alte Brücke, durch die Dorfstraße.

»Sind wir immer noch nicht da?« stöhnte Kees.

»Gleich«, sagte Gerd tröstend. »Gleich sind wir da.«

Als sie vor dem weißen Haus des Arztes angekommen waren, zog Gerd fest an dem kupfernen Glockenzug. Die Tür wurde sofort geöffnet. Vor ihnen stand die Frau des Arztes. Sie erschrak, als sie die Jungen sah.

»In eine Kalkgrube gefallen«, war das einzige, was Gerd stammeln konnte.

»Mein Mann ist nicht zu Hause«, sagte sie mitleidig. »Aber komm ins Sprechzimmer, ich will sehen, was ich tun kann.«

Nur Gerd kam mit. Die andern blieben betreten draußen stehen. Irgendwie fühlten sich alle schuldig. Ganz hinten stand Freek, und als sie sich nach ihm umdrehten, ging er langsam weg.

Im Sprechzimmer wurde Kees inzwischen auf den Behandlungstisch gelegt. Unruhig warf er sich hin und her. Er hatte große Schmerzen, und sehen konnte er auch noch nichts.

»Das geht vorbei«, tröstete Gerd ihn. »Die Augen müssen erst saubergemacht werden.«

Die Frau des Arztes blätterte nervös in einem kleinen schwarzen Buch über Erste Hilfe, in dem sie nachschlug, was man bei Kalkverbrennungen tun muß.

»Zieh ihm alles aus«, sagte sie zu Gerd.

Gerd tat, was sie ihm gesagt hatte, und Kees half, so gut er konnte. Es zeigte sich, daß nur die Arme und Beine, der Hals und das Gesicht rot waren. Die Frau des Arztes holte eine Flasche und betupfte mit dem Inhalt die verbrannten Stellen. »Das ist ja alles nicht so schlimm«, jammerte Kees verzweifelt. »Aber meine Augen, meine Augen . . .«

Gerd mußte Kees' Kopf festhalten, während die Frau immer wieder kaltes Wasser darübergoß. Aber das half alles nichts. Kees konnte die Augen nicht öffnen, beim besten Willen nicht.

»Helft mir doch, helft mir doch!« stöhnte er. »Ich halte es nicht mehr aus.«

Gerd wurde wütend. »Nimm dich gefälligst zusammen! Natürlich hältst du es aus, du bist doch kein Jammerlappen.«

»*Du* mußt es ja nicht aushalten!« brüllte Kees plötzlich.

Gerd schwieg.

Die Arztfrau gab Kees eine Tablette, die er mit etwas Wasser schlucken mußte. In diesem Augenblick steckte ihre kleine Tochter den Kopf durch die Türspalte und sagte: »Gerade kommt Vater vom Krankenbesuch zurück.«

Der Arzt stand sofort im Sprechzimmer neben Kees und hob dessen Augenlider hoch. »Lauf nach Hause und benachrichtige seinen Vater oder seine Mutter«, rief er Gerd zu. »Lauf, was du kannst! Er muß sofort ins Krankenhaus nach Utrecht.«

Der Arzt gab Kees eine Spritze, und gleich danach waren sie in seinem Auto auf dem Weg nach Utrecht. Gerd starrte ihnen betroffen nach.

3

Kees erfuhr, was Schmerz ist. Seine Augen wurden zwar unter Narkose gesäubert, aber nachher . . .
Die Schmerzen peinigten ihn tagelang. Immer wieder wurde eine Flüssigkeit in seine Augen geträufelt.
»Werde ich wieder sehen können, Herr Doktor, wenn ich aufstehen darf?« fragte er.
»Natürlich wirst du etwas sehen können«, antwortete der Arzt.
Zu Kees' Eltern sagte er: »Erst in einigen Wochen werden wir feststellen können, welche Folgen die Verletzung hat. Zweifellos ist die Hornhaut stark angegriffen.«
Aber wie stark? Quälende Ungewißheit, tagelang, wochenlang.
Nach fünf Wochen durfte Kees endlich nach Hause.
»Ich bin nicht blind«, sagte er.
»Nein, nein, du bist nicht blind«, sagten Vater und Mutter.
»Ich sehe noch eine ganze Menge«, sagte Kees.
»Ja, du siehst noch eine ganze Menge«, sagten Vater und Mutter.
»Ich sehe, wie das Wasser glitzert«, sagte Kees, »und ich sehe unser Schiff.«

Die Eltern schwiegen.

»Ich kann auch sehen, wo die Kaninchenställe sind«, sagte Kees. »Und die Blumen – sind das Stiefmütterchen?«

»Ja, das sind Stiefmütterchen«, antwortete seine Mutter mit zitternder Stimme. »Findest du sie schön?«

»Ich glaube, daß sie schön sind«, antwortete Kees zögernd.

Sie standen unmittelbar vor dem kleinen, weißen Gartentor. Kees tastete mit den Händen danach. »Hier muß das Tor sein«, sagte er.

Sein Vater stieß es für ihn auf.

Unsicher lief Kees den schmalen Pfad entlang. Er tastete sich mit den Füßen vorwärts. »Hier irgendwo ist der Laufsteg.« Er hielt den Kopf schräg und suchte. »Ja, ich sehe ihn«, rief er plötzlich.

Vater und Mutter halfen ihm hinüber. Drinnen verschwamm alles im Halbdunkel. Er erkannte die vertrauten Umrisse, die Fenster mit dem dunklen Schimmer der Blumen davor; doch er konnte nicht erkennen, was dicht vor ihm war.

Das hatte ihm der Arzt schon angedeutet. »Du wirst peripherisch sehen können«, hatte er gesagt. Das war auch wieder so ein schönes Wort: peripherisch. Es bedeutete, daß er wohl die Dinge ringsum sehen konnte, aber nicht das, was unmittelbar vor ihm war.

Im Krankenhaus hatte er das schon bemerkt, wenn er auf den Gängen übte. Aber da hatte er gedacht: Zu

Hause wird das alles besser gehen, da kenne ich mich genau aus. Jetzt war er zu Hause, aber es ging nicht besser. Der einzige Unterschied war, daß er ungefähr wußte, wo er tasten mußte.

»Wenn ich mich erst daran gewöhnt habe, geht es natürlich viel besser«, redete er sich selbst ein.

»Ja«, bestätigte ihm seine Mutter, »der Arzt hat auch gesagt, daß es besser wird.«

»Nächste Woche will ich wieder in die Schule gehen«, sagte Kees.

Die Eltern schwiegen.

»Wenn ich nicht sehen kann, kann ich doch zuhören«, fuhr Kees fort. »Wenn ich gut zuhöre, kann ich beinah ebensoviel lernen.«

»Ich hätte Lust auf eine Tasse Kaffee«, lenkte der Vater ab. »Wo ist Ankie? Wieder bei Gerd?«

»Sicher kommen beide bald«, antwortete die Mutter mit gequälter Stimme. »Sie haben bestimmt das Auto kommen hören. Ich werde jetzt Kaffee machen.«

»Das mit der Schule, Kees«, sagte der Vater, sobald sie allein waren, »das werden wir später noch sehen. Vorläufig mußt du dich erst hier richtig eingewöhnen. Du mußt wissen, daß Mutter in ewiger Angst lebt, du könntest ins Wasser fallen. Sei also vorsichtig.«

»Aber ich kann doch noch genauso gut schwimmen wie früher«, protestierte Kees ärgerlich. »Ich bin doch kein Idiot geworden!«

»Das meine ich ja auch nicht«, sagte der Vater ruhig.

36

»Aber du mußt bedenken, daß nicht nur du dich neu eingewöhnen mußt.«

Kees antwortete nicht.

Er roch und hörte, daß sich der Vater eine Pfeife anzündete. Wenn ich mich jetzt etwas vorbeuge und genau hinsehe, ob ich die Pfeife dann wohl erkennen kann? Er versuchte es. Er sah seinen Vater sitzen; nicht deutlich, er sah hauptsächlich seine Beine. Er strengte sich noch mehr an. Jetzt sah er auch das Gesicht seines Vaters – ja, und nun sah er auch wirklich die Pfeife.

Plötzlich fing er an zu lachen, fast wie ein kleines Kind. Er hörte sich selbst lachen und war ebenso plötzlich still. Er schluckte nur noch schnell einmal. Der Vater sagte nichts.

Jetzt sah Kees den Kopf seines Vaters nicht mehr und auch die Pfeife nicht. Aber er *hatte* beides gesehen, und das war die Hauptsache. Wenn er es geschickt anfing, konnte er noch viel sehen. Ganz bestimmt. Er mußte sich umgewöhnen, das war alles.

Mutter kam mit dem Kaffee. Sie stolperte fast über die Türschwelle. Wozu es auf einem Schiff auch Türschwellen geben mußte?! Im Krankenhaus gab es doch auch keine.

»Der Kaffee riecht gut, Mia«, sagte der Vater.

Komisch, früher hatte der Vater doch nie »Mia« zur Mutter gesagt. Er hatte immer einen Kosenamen gebraucht, »Häschen« oder so ähnliche.

»Hier ist deine Tasse, Kees«, hörte er die Mutter sagen.

Er streckte seine Hände aus. Er fühlte etwas und nahm es vorsichtig. Der Kaffee war noch zu heiß. Kees wurde unruhig. Wenn Gerd doch endlich käme oder wenigstens Ankie.

Er wollte die Tasse irgendwo hinstellen und tastete ungeschickt nach dem Tischchen, das in der Ecke stehen mußte. Plötzlich sah er es auch und stellte die Kaffeetasse darauf. Aber es gelang ihm nicht ganz. Er stieß mit der Untertasse gegen die Tischkante; der Kaffee schwappte über und floß über seine Hose.

Mutter sprang schnell auf und kam mit einem nassen Tuch. »Das ist nicht so schlimm, Liebling«, sagte sie. »Das bißchen Kaffee.«

Früher war sie immer böse geworden, wenn er Kaffee verschüttet hatte. Kaffeeflecken sind schlecht wegzukriegen, hatte sie oft gesagt.

Die Wut stieg in ihm hoch. Auch dieses »Liebling« machte ihn böse. Natürlich meinte es die Mutter gut. Aber es lag so etwas Herablassendes darin.

»Ihr braucht mich nicht zu bemitleiden«, schrie er plötzlich. »Ihr meint, jetzt hättet ihr einen Idioten zu Hause. Aber da irrt ihr euch! Laßt mich doch alles tun wie sonst auch und benehmt euch normal!«

Normal benehmen. Eben das war ja das Schwierige für diese drei, vor allem für Kees.

Langsam schlürfte er den Rest des Kaffees, und keiner

von ihnen sagte ein Wort. Von draußen hörten sie die Rufe eines Mannes, für den man die Brücke hochziehen sollte.

Es war eine wahre Erlösung, als endlich Ankie und Gerd hereinkamen.

»Tag, Kees«, sagte Gerd.

»Hallo«, antwortete Kees kurz.

»Ich habe eine Zeichnung für dich gemacht«, rief Ankie, »vom Krankenhaus, und du liegst im Bett. Hier!« Sie schob ihm das Blatt Papier in die Hand, doch Kees konnte nichts erkennen.

»Schön«, sagte er plötzlich mit rauher Stimme.

»Hoffentlich hast du nichts dagegen . . .« begann Gerd. »Ich habe, während du wegwarst, auf deiner Trompete gespielt. Ich kann es schon ganz gut. Ich kann es dir auch beibringen. Wollen wir es nachher mal probieren?«

»Was kannst du spielen?« fragte Kees.

»Ach, das Wecken und den Zapfenstreich und, wie heißt das doch, wenn zum Essen geblasen wird? Und dann noch ein paar Signale, die ich mir selbst ausgedacht habe. Es klingt sehr gut.« Er lachte ein wenig. »Nur Oma kann es nicht leiden. Sie wird verrückt davon, sagt sie. Deswegen gehe ich manchmal ziemlich weit weg. Kommst du nachher mit zum Schafsdeich? So über das Wasser klingt es sehr gut.«

»Ja, gern«, sagte Kees. Er hatte sogar Lust, mit Gerd mitzugehen.

Nachmittags, nach dem Essen, machten sie sich zusammen auf den Weg. Das Essen war eine Qual für Kees gewesen. Er wußte, daß er gekleckert hatte, aber niemand hatte ein Wort darüber verloren, so beängstigend vorsichtig gingen sie jetzt mit ihm um. Alles nur aus Mitleid. Der Vater hatte gewollt fröhlich eine lustige Geschichte von einem Aalfischer erzählt, den er gemalt hatte, wie er seine Netze zum Trocknen ausbreitete. Und auch die Mutter hatte ihr möglichstes getan. Aber das war es ja eben! Alle taten ihr möglichstes. Es war schrecklich! Wenn sie doch nur mal böse würden und ordentlich schimpften! Oder wenn doch endlich einer weinte! Das wäre doch wenigstens etwas! Aber diese gewollte Fröhlichkeit – so zu tun, als ob nichts wäre – das ging ihm auf die Nerven. Er hatte Lust zu treten, etwas kaputtzumachen. Aber man mußte sich beherrschen, man mußte brav mitspielen. Kees streckte die Zunge heraus und machte ein Geräusch, das seinen Ekel ausdrücken sollte. Er scharrte mit dem Fuß über den Weg, in der Hoffnung, einen Stein oder wenigstens ein paar Kiesel zu finden, die er treffen könnte.

Gerd lachte. Er hatte sich bei Kees eingehängt, sofort, als ob das die natürlichste Sache von der Welt wäre. Und nun lachte er, so wie immer.

Kees versuchte auch zu lachen; aber er konnte es noch nicht wie früher.

»Ich habe meine Badehose mitgenommen«, sagte

Gerd. »Und Ankie hat mir deine auch mitgegeben. Gut?«

»Prima«, sagte Kees.

Erst jetzt merkte er, was für herrliches Wetter es war. Das Wasser würde sicher fast lauwarm sein. Vor allem da beim Schafsdeich, wo es vorn so flach war. Nur die glitschigen Steine am Ufer mit dem widerlichen weißen Schaum – wenn er nur darüberweg kam, ohne hinzufallen! Aber schließlich konnte er ja auch die Hände gebrauchen, und außerdem würde ihm Gerd gewiß helfen. Von Gerd würde er das annehmen.

»Ein Blinder und ein Lahmer«, sagte Kees bitter.

»Wenn du so einen Mist redest, lasse ich dich hier stehen.«

Gerd wurde richtig wütend. »Du bist vielleicht halb blind, aber ich bin nicht lahm.« Kees mußte lachen. Diesmal klang es schon echter.

Beim Schafsdeich bogen sie rechts ab. Sie gingen auf einem morastigen Pfad zwischen Karrenspuren auf einer schmalen Landzunge. Links und rechts erstreckten sich die Seen, deren blaue Flächen in der hellen Sonne glitzerten. Hier und da glitten kleine weiße Segel über das Wasser, und in der Ferne tauchten die Kirchtürme der umliegenden Dörfer auf.

»Hier riecht es genau wie früher«, stellte Kees fest.

Es war der Geruch von stehendem Wasser, von Pflanzen, von faulendem Holz und von zertretenem Gras. Genau hätte es Kees nicht sagen können. Er holte tief

41

Luft. »Das ist etwas anderes als die Krankenhausluft«, sagte er zufrieden.

»Was siehst du denn genau?« fragte Gerd sachlich.

»Das weiß ich selbst nicht«, erwiderte Kees. »Ich sehe alles mögliche, aber nichts scharf. Das Wasser sehe ich deutlich – aber doch anders als früher. *Wie* anders, das kann ich dir nicht sagen; ich weiß auch nicht mehr genau, wie ich es früher gesehen habe.«

»Kannst du erkennen, wo das Wasser anfängt?« fuhr Gerd mit seinen sachlichen Fragen fort.

»So ungefähr«, sagte Kees zögernd.

»Kannst du sehen, daß wir auf Gras stehen?«

Kees scharrte mit dem Fuß über den Boden. Er glaubte zu fühlen, daß es Gras sein mußte.

»Sehen kann ich es nicht«, sagte er.

»Kannst du mich sehen?«

»Wie du jetzt stehst, ja. Du hast den Overall an.« Kees sagte es stolz. Er war froh, daß er das aus der dunklen Kleidung seines Freundes schließen konnte.

»Hab ich meine Holzschuhe oder andere Schuhe an?« fragte Gerd nun.

Wieder zögerte Kees. Er überlegte, wie das Geräusch von Gerds Schritten auf dem Weg geklungen hatte.

»Schuhe«, sagte er dann.

»Gut«, sagte Gerd.

»Hier gefällt's mir«, sagte Kees. »Wollen wir hier bleiben?«

Er zerkratzte sich die Hand an einem Brombeerstrauch, während er sich hinsetzte; aber er leckte das Blut weg und lachte. Das machte ihm nichts, früher hatte er sich so oft Schrammen an Brombeersträuchern geholt.

Gerd holte die Trompete aus dem Futteral. »Hör mal«, sagte er voller Stolz und blies die ersten Töne. Kees hielt sich die Ohren zu. »Mann, ist das laut! Geh weiter weg! Mir platzt ja das Trommelfell!« Aber dabei mußte er lachen.

Gerd ging ein paar Schritte weiter. »So, jetzt bin ich sechs oder sieben Meter von dir fort«, rief er.

»Das seh ich doch«, sagte Kees böse.

»Kann *ich* das denn wissen?« gab Gerd gereizt zurück.

»Na ja, ist ja schon gut«, lenkte Kees ein. »Leg schon los!«

Gerd fing wieder an zu spielen. Der Wind verwehte die Töne und trug sie weit über das Wasser. Viel zu langsam, aber sonst sehr sauber erklang das Wecksignal. Eigentlich doch sehr schön.

Kees fiel plötzlich der Nachmittag ein, an dem er die Trompete bekommen hatte, jener Nachmittag im Frühling, als er mit seinem Vater von Onkel Hermanns Beerdigung gekommen war und sie miteinander oben auf dem Wall gesessen hatten und die wilden Enten vorbeigeflogen waren. Er war dem Weinen nahe. Er suchte mit der Hand nach Steinen, die er so weit schleuderte, wie er nur konnte. Das Geräusch der plumpsenden Steine beruhigte ihn.

43

Gerd spielte ein Signal nach dem anderen und dann wieder von vorn. Nach einer Weile taten ihm die Lippen weh, und er hörte auf. Er sah sich nach seinem Freund um, der jetzt am Wasser auf einem großen Stein saß und vor sich hinstarrte. Dann und wann rieb er sich die Augen mit den Fäusten, als ob ihm das helfen könnte.

»Komm jetzt schwimmen!« rief Gerd. »Oder willst du erst ein bißchen spielen?«

»Schwimmen«, antwortete Kees schnell. Er stand auf und fing an sich auszuziehen. Seine Sachen legte er ordentlich auf einen Stein neben sich, viel ordentlicher, als er das früher getan hatte, stellte Gerd fest. Früher hatte Kees alles einfach hingeworfen. Es war ihm gleichgültig gewesen, wo es blieb. Sicher hatten sie ihm das im Krankenhaus beigebracht, damit er alles leicht finden konnte, wenn er sich wieder anziehen wollte. Wenn man Kees so dastehen sah, konnte man sich kaum vorstellen, daß sich so viel geändert hatte.

»Wo ist meine Badehose?« rief Kees.

»Hier!« Ohne zu überlegen warf Gerd Kees die Hose hinüber.

»Wo?« rief Kees.

Gerd schämte sich. »Zwei Schritte rechts von dir!« sagte er so ruhig wie möglich. »Aber paß auf, da stehen Brennesseln!«

Kees suchte, geriet dabei mit seiner Hand in die Brennesseln, begann zu fluchen und fand dann durch

Zufall die Badehose. Das ganze hatte nicht länger als eine halbe Minute gedauert, aber es war eben eine halbe Minute zu lange.

Wütend zog Kees die Badehose an und machte vorsichtig ein paar Schritte vorwärts, bückte sich und tauchte die Hand in das laue Wasser.

»Wie ist es?« rief Gerd Kees zu.

»So warm wie Spülwasser!« sagte Kees bissig.

Aber als sie dann nebeneinander schwammen, war es ganz so wie früher. Gerd achtete darauf, daß er in Kees' Nähe blieb. Dann und wann sagte er etwas, damit Kees wußte, an welcher Seite er war. Sie fanden es wunderbar, und Kees schien wieder ganz der alte. Er tauchte, schüttelte sich, trat Wasser, schwamm lange Zeit mit kräftigen Zügen auf dem Rücken und prustete wie ein Walfisch.

»Wollen wir jetzt raus?« fragte Gerd schließlich. Er war ziemlich müde.

»Was, schon?« sagte Kees. »Es ist gerade so schön. Wollen wir nicht zu unserer Insel schwimmen? Weißt du, wo voriges Jahr das Schwanennest war?«

»Ich bin zu müde«, sagte Gerd ehrlich. »So weit komme ich nicht mehr. Bis dahin sind es sicher noch zweihundert Meter.«

»Ach, du lahmer Vogel«, sagte Kees, »dann schwimme ich allein hin.«

Gerd schwieg.

»Na, was ist?« fragte Kees.

»Ich schwimme nicht mit«, sagte Gerd.

»Erlaubt es die Oma nicht?« Kees war jetzt genauso spöttisch wie manchmal die Jungen in der Schule.

»Was du da sagst, ist doch blöd«, sagte Gerd. »Ich schwimme ans Ufer; ich gehe raus, damit du's weißt.« Und er machte kehrt und schwamm zurück. Vom Ufer aus hielt er Ausschau nach Kees, der jetzt noch weiter draußen war.

Wenn ich mich ausgeruht habe, kann ich wieder ins Wasser, dachte Gerd. Plötzlich hörte er Kees rufen. »Gerd, wo bist du?« Kees wußte offenbar nicht mehr, wo er war.

Gerd hielt die Hände wie ein Sprachrohr an den Mund und rief laut: »Hier!« Dann nahm er die Trompete und blies ein Signal nach dem anderen, bis Kees endlich auf Händen und Füßen aus dem Wasser geklettert kam, keuchend vor Erschöpfung.

Lang ausgestreckt blieben sie eine Stunde in der Sonne liegen. Kees sah blaß aus und sagte kein Wort. Er wollte Gerd nicht erzählen, daß er einen Augenblick im Wasser große Angst gehabt hatte. Und Gerd fühlte, daß ihm Kees nicht mehr wie sonst alles anvertraute. Bevor sie nach Hause gingen, zeigte er Kees noch, wie man eine Trompete bläst. Aber trotz aller Versuche bekam Kees keinen ordentlichen Ton heraus.

In der folgenden Woche ging Kees zur Schule. Er hatte seinen Willen durchgesetzt. Die Mutter hatte sich nicht den ganzen Tag um ihn kümmern können, und für ihn war es langweilig gewesen, immer auf dem Weidenstumpf zu hocken und übers Wasser zu starren. Wenn er auch in seinem Schuppen gesessen und sich irgendwie beschäftigt hatte, war es doch nie etwas Richtiges gewesen. Kees war unzufrieden geworden.

»Laß ihn zur Schule gehen«, hatte der Vater gesagt. »Der Lehrer will es mit ihm versuchen. Er ist immer ein guter Schüler gewesen, also, wer weiß?«

»Aber es wird schrecklich für ihn sein, wenn er merkt, daß er nicht mitkommt«, hatte seine Mutter eingewandt.

»Das muß er selbst herausfinden und seine Erfahrungen machen«, hatte der Vater gemeint.

Mit Gerd zusammen machte sich Kees am Morgen auf den Weg. Und mit Gerd kam er mittags um zwölf nach Hause. Beim Essen schwieg er und sah mürrisch drein. Nach Schulschluß am Nachmittag war es womöglich noch schlimmer. Aber auch jetzt sagte er kein Wort. Er hockte sich vors Radio, was er früher nie getan hatte, solange es draußen hell und schönes Wetter war. Bis zum Abendbrot blieb er da sitzen und ging früher ins Bett als sonst.

Der nächste Tag verlief genauso.

Am dritten Tag kam er mit Gerd sehr spät nach Hause. Seine Augen waren rot und geschwollen. Weder aus ihm noch aus Gerd war irgend etwas herauszubringen. Als er gegen Ende der Woche aus der Schule kam, rief er schon von weitem: »Mistkerle, alle zusammen! Und lernen tue ich auch nichts!«

Abends kam der Schulleiter zu Besuch, und Kees wurde zu Gerds Oma geschickt. »Ich bin gespannt, was ihr da zusammen ausbrütet«, sagte er böse. Dann schlug er das Gartentor hinter sich zu.

Gerd stand am Ufer und wartete auf ihn. Er hatte Schulbücher bei sich. »Wollen wir ein bißchen zusammen lernen?« fragte er.

»Wenn ich dich nicht hätte . . .« sagte Kees leise.

Sie setzten sich ins Gras, und Gerd las aus dem Erdkundebuch vor. Nachher übten sie Kopfrechnen, und schließlich kam Geschichte dran.

Danach lagen sie lange Zeit ruhig nebeneinander. Gerd schaute, auf die Ellenbogen gestützt, in die untergehende Sonne, die er durch blühenden wilden Jasmin sah. Kees lag auf dem Bauch, die Augen geschlossen.

»Du solltest Blindenschrift lernen«, sagte Gerd plötzlich.

»Ich bin doch nicht verrückt!« Kees wurde richtig bissig. »Und ganz blind bin ich auch noch nicht.«

»Nein, das bist du nicht«, sagte Gerd ruhig, »aber du siehst doch so schlecht, daß du normale Buchstaben nicht lesen kannst. Du konntest nicht einmal die dikken, schwarzen Linien sehen, die der Lehrer in dein Heft gezeichnet hat.«

Kees schwieg. Er kaute ärgerlich auf einem Strohhalm herum.

»Du mußt in eine andere Schule gehen«, fuhr Gerd fort. »Wo sie wissen, wie man Jungen unterrichtet, die schlecht sehen. So kommst du nicht weiter.«

»Du weißt doch gar nicht, ob ich weiterkommen will!« schrie Kees zornig.

»Du redest Unsinn!« war alles, was Gerd darauf antwortete.

»Red *du* keinen Unsinn!« fuhr Kees Gerd an. Aber er wußte, daß Gerd recht hatte.

Am Sonntagmorgen, in einem ruhigen Augenblick, rief der Vater Kees zu sich. Sie saßen nebeneinander auf der Bank unter der großen Trauerweide. Kees sog den Duft der Blumen ein. Ringsum strahlte alles in der Sonne, und die Luft war klar, aber deswegen sah Kees nicht besser. Seine Augen tränten und taten ihm weh. Er rieb sie mit den Händen.

Irgendwo klopfte ein Specht.

»Hörst du?« sagte der Vater.

»Ja, und was geht mich das an?« Kees wurde ärgerlich.

»Junge, so geht es nicht weiter.« Der Vater sah Kees an. »Herr Spoel hat gesagt, daß er dich nicht auf der Schule behalten kann. *Er* hat sein möglichstes getan, *du* hast dein möglichstes getan, aber alles, was dabei herauskam, war, daß du dich dort immer unglücklicher fühlst. Wir müssen die Dinge sehen, wie sie sind, Kees.«

Kees schwieg noch immer. Er scharrte nur mit den Füßen auf dem Boden hin und her.

»Herr Spoel hat mit dem Arzt gesprochen. Sie meinen beide, daß es besser wäre, wenn du in ein Heim gehen würdest. Das klingt hart, aber es gibt heute Schulen, gute Schulen für Kinder, die schlecht sehen, und für Blinde. Da könntest du zusammen mit anderen, die ebenso dran sind wie du, guten Unterricht bekommen und eine Ausbildung, mit der du später im Leben etwas anfangen kannst. Natürlich mußt du dir das, wofür du gute Augen brauchst, aus dem Kopf schlagen, aber das weißt du ja selber, Junge.«

Es dauerte lange, ehe Kees eine Antwort gab. Und als er endlich etwas sagte, klang es unnatürlich und tonlos. »Im Krankenhaus haben sie mir gesagt, daß es noch nicht sicher wäre, was mit meinen Augen wird. Es kann schlechter werden, aber auch besser.« Dann kam ein Laut aus seiner Kehle, der wie unterdrücktes Schluchzen klang. Kees hatte die Hände zu Fäusten geballt und preßte sie zwischen die Knie.

Sein Vater ließ ihn lange auf Antwort warten. »*Falls* überhaupt, können sich deine Augen nur wenig bessern, und das weißt du. Eine so stark mitgenommene Hornhaut erholt sich nicht mehr. Aber du wirst lernen, dich immer besser daran zu gewöhnen. Das kann dir dann auch wie eine Besserung vorkommen.« Der Vater schwieg einen Augenblick, dann fuhr er fort: »Du mußt dich keinen falschen Hoffnungen hingeben, Junge! Darauf kann niemand sein Leben aufbauen. Wer hinkt, muß sich damit abfinden; und wer blind ist, muß wissen, daß er blind ist.«

»Ich *bin* nicht blind!« schrie Kees. »Ich sehe noch eine ganze Menge.«

»Du siehst aber nicht genug. Du kannst dich nicht ohne Hilfe im täglichen Leben bewegen. Es sei denn, daß man es dir beibringt. Du kannst wieder Lesen lernen. Du kannst ein Instrument spielen lernen, du kannst ein Handwerk erlernen, wenn du in eine entsprechende Schule gehst.«

»Lesen!« sagte Kees spöttisch. »Mit den Fingern sicher?«

»Ja, mit den Fingern.«

»Und schreiben?«

»Ja, auch schreiben, nur anders als bisher.«

»Aber dann könnt ihr es doch nicht lesen.«

»Dann lernen wir eben auch Blindenschrift.«

Kees lachte höhnisch: »Na, dann viel Spaß!« Einen Augenblick später fragte er bitter: »Und zeichnen?«

»Nein«, antwortete der Vater, »zeichnen wirst du nicht mehr können.«

»Das ist mir auch egal«, sagte Kees gleichgültig.

»Wenn du dahin gehst«, fuhr der Vater fort, »kannst du jedes Wochenende nach Hause kommen und in den Ferien auch. Es ist nicht weit von hier. Erinnerst du dich noch an den Nachmit . . .«

»Hör auf!« schrie Kees. »Dachtest du, ich hätte das

vergessen? Nächtelang habe ich im Krankenhaus daran gedacht. Ich *will* da nicht hin. Ich will nicht von zu Hause fort, hier von unserem Schiff fort, irgendwohin, wo ich mich überhaupt nicht auskenne und unter fremden Leuten bin, die denken, daß ich so ein stockblinder Idiot bin. Ich will nicht!«

Er hatte zu weinen begonnen und schluchzte laut. Der Vater legte ihm den Arm um die Schultern und zog ihn an sich. Er gab ihm ein Taschentuch. Aber Kees riß sich los und rutschte von ihm weg.

In diesem Augenblick kam die Mutter mit einem Tablett. Sie sagte nur: »Ich habe Kaffee für euch gemacht. Der wird euch guttun.«

Jetzt schrie Kees los: »Hau ab mit deinem Kaffee! Ich will keinen Kaffee!« Ganz außer sich sprang er auf, suchte verzweifelt nach dem Griff der Gartentür und stürzte hinaus. Gleich an der ersten Ecke wurde er von einem Radfahrer angefahren. Es war ein Mann aus dem Ort. Der half ihm aufstehen und brachte ihn nach Hause.

Er entschuldigte sich, es tat ihm leid. »Aber Kees hat, glaube ich, nur eine Beule.«

Kees fiel ihm ins Wort mit einem mürrischen »Ich geh ins Bett.« Die Eltern schauten ihm betroffen nach.

»Es ist schlimm für den Jungen«, sagte der Mann leise. »Wenn man ihm doch helfen könnte.« Er schwang sich aufs Rad und fuhr davon. Eine Weile noch hörte man den Kies unter den Rädern knirschen.

Am nächsten Tag wurde Kees nicht von Gerd, sondern von Joost bis zum Gartenzaun gebracht.

»Na ja, dann tschüs«, sagte er verlegen, als Kees wortlos ins Hausboot ging.

»Was ist mit Gerd?« fragte die Mutter.

Kees zuckte nur mit den Schultern und ging zu seinen Kaninchen. Und da blieb er.

Wenig später kamen Gerd und Ankie nach Hause. Ankies Haar hing in Strähnen herunter, sie war verschwitzt und hatte schmutzige Streifen auf der Wange. Man sah sofort, daß sie geweint hatte.

Gerd guckte auf seine Füße. Auch er war schmutzig, und sein Hemd war zerrissen.

»Was um Himmels willen ist denn mit euch los?« fragte die Mutter.

»Wir haben uns geprügelt«, sagte Gerd. Er schien immer noch aufgebracht zu sein.

»Ich auch, Mutter! Ich hab ihn gekratzt und gebissen und an den Haaren gerissen. So ein gemeiner . . .«

»Was fällt euch denn ein?« fiel die Mutter Ankie ins Wort. »Ihr habt doch sonst nie Streit?«

Gerd lachte, doch es klang alles andere als fröhlich. »Sie hat mich nicht gebissen und gekratzt, wie Sie vielleicht denken, Frau Noot. Seit gestern ist ein neuer Schüler in der Klasse. Der hat Kees ›blindes Huhn‹ geschimpft. Da haben die anderen angefangen zu lachen . . .«

Weiter kam er nicht.

Ankie fiel ihm ins Wort: »Solche Kratzer hat er im Gesicht, und Gerd hat ihm ein Auge blau geschlagen und vielleicht auch einen Zahn ausge . . .«

»Es reicht«, unterbrach die Mutter sie. »Geh, wasch dir das Gesicht und die Hände und kämm dich.«

Gerd blieb noch unschlüssig stehen, dann drehte er sich plötzlich um und lief mit großen humpelnden Schritten davon. Kees erschien erst bei Tisch, als sie mit dem Essen schon fast fertig waren. Es war ganz still.

Erst als ein Boot vorbeifuhr und die Wellen heftig gegen das Hausboot klatschten, begannen drei gleichzeitig zu reden. »Dem habe ich es aber gegeben«, sagte Ankie voller Stolz. »Heute kommen nicht viele Schiffe vorbei«, bemerkte die Mutter, und der Vater sagte: »Bei Vermylen gibt es heute drei Kilo Butterbirnen für einen Gulden.«

Dann wurde es wieder für kurze Zeit still, bis Kees leise sagte: »Ihr könnt mich da in der Blindenschule anmelden.«

4

Es hatte keinen Sinn, daß Kees so kurz vor den großen
Ferien noch in die Blindenschule kam. Mit dem Direk-
tor der Schule und mit Herrn van der Veer, der die un-
teren Klassen und die dazugehörenden Kinderpa-
villons leitete, war vereinbart worden, daß Kees im
September mit Beginn des neuen Schuljahrs dorthin
übersiedeln sollte.

Kees hatte bei den Besuchen im Heim Vater und Mutter für sich reden lassen. Er hatte auch nichts gesagt, als
der Arzt bei der Untersuchung feststellte, daß er tatsächlich in die Blindenschule und nicht in die Schule
für Sehbehinderte gehen mußte.

»Unter den sogenannten Blinden«, hatte der Arzt ihn
getröstet, »sind auch solche wie du, die noch etwas sehen können. Aber trotzdem müßt ihr alle die Blindenschrift lernen, damit ihr dem Unterricht folgen könnt.
Verstehst du?«

Kees hatte genickt und geschwiegen.

Und nun waren Kees und der Vater auf dem Weg ins
Blindenheim. Sie waren mit dem Bus gefahren und
gingen nun den gleichen Weg, den sie im Frühjahr mit
dem Rad gefahren waren. Das schien eine Ewigkeit
her zu sein.

Über die Jungen, die sie damals zusammen gesehen hatten, sprachen sie nicht.

»Weißt du noch, wie ich damals beinah unter ein Auto gekommen wäre?« fragte Kees. »Das wäre ein schöner Unfall gewesen, haha.« Er lachte spöttisch.

»Willst du wieder eine Coca-Cola, bevor wir ins Haus gehen?« fragte der Vater.

»Nein«, sagte Kees heftig. »Ich will's hinter mich bringen, je schneller, desto besser.«

Sein Vater unterdrückte einen Seufzer. Kees schwenkte sein Köfferchen ärgerlich hin und her. Den großen Koffer trug der Vater.

Aber als sie endlich an Ort und Stelle waren, ging alles viel leichter, als beide gedacht hatten. Der Empfang in dem hellen sonnigen Zimmer des Leiters war freundlich, ja herzlich, und beim Abschied von seinem Vater war Kees plötzlich nicht mehr der verstockte Junge, mit dem sich nicht auskommen ließ. Auch für ihn war es eine Erlösung, als er endlich »Auf Wiedersehen, Vater« sagen konnte. Er mußte weinen und hätte sich deshalb prügeln mögen, so schämte er sich.

»Magst du gern Nougat?« fragte Herr van der Veer freundlich, während Kees noch dabei war, seine Tränen wegzuwischen. Kees nickte.

»Schön«, sagte der Leiter. »Dann nimm gleich die ganze Portion für den ›Dompfaff‹ mit. Wir haben nämlich gerade eine ganze Schachtel bekommen.«

»Dompfaff?« fragte Kees verwirrt.

»Du kommst doch eben von dort«, sagte Herr van der Veer lachend. »Das ist das Haus, wo du wohnen wirst, zu dem wir gerade die Koffer gebracht haben.«

»Ach so«, sagte Kees unsicher. Aber gleich darauf, als er sich wieder gefaßt hatte, fragte er den Leiter: »Aber warum heißt das Haus denn Dompfaff? Ich dachte, daß alle Häuser hier nach Vögeln benannt sind.«

»Und?« Herr van der Veer lachte.

Es dauerte einen Augenblick, bis Kees begriffen hatte. Doch dann lachte er auch. »Dompfaff ist also auch ein Vogel«, stellte er fest.

»Genau das!« sagte Herr van der Veer. »Aber jetzt bringe ich dich zu Frau Soer, der Leiterin eures Hauses, und dann mußt du dir alles über den ›Dompfaff‹ erzählen lassen.«

Kees zögerte einen Augenblick. Aber erst als sie schon durch mehre Türen gegangen waren, fragte er vorsichtig: »Und der Nougat?«

Kees fiel es nicht leicht, sich einzugewöhnen. Denn er mußte lernen, mit elf wildfremden Kindern und zwei Heimleiterinnen, die er nicht kannte, in einem Haus zusammmen zu wohnen. Kees war neben Wiebe, der auch dreizehn Jahre alt war, der älteste. Dann waren da noch drei Jungen und eine ganze Menge Mädchen, zum Teil ganz kleine zwischen vier und sieben Jahren, die überhaupt nichts sehen konnten.

Kees hatte bald heraus, daß er einen großen Vorsprung vor allen anderen hatte. Er sah mehr als sie alle. Er konnte unter Umständen sogar erkennen, daß die Tür des Gemeinschaftszimmers offen stand, obwohl er sich manchmal heftig daran stieß.

Wiebe sollte im Januar vielleicht schon in das Internat der großen Jungen kommen. Doch Kees hoffte, daß das noch nicht so bald sein würde, denn Wiebe war ein netter Kerl, und Kees mochte ihn gern. Ihre Betten im Schlafraum standen nebeneinander.

Wiebe sah gar nichts, und er hatte auch nie sehen können; er war blind zur Welt gekommen. Wie furchtbar mußte das sein! Da war Kees doch besser dran. Aber Wiebe gab ihm darin nicht recht.

»Ich weiß nicht, wie es ist, wenn man etwas sieht«, sagte Wiebe. »Du aber wirst böse, wenn du etwas *nicht* siehst, weil du es früher gekonnt hast.«

»Böse?« sagte Kees entrüstet. »Das ist Unsinn, aber ich finde es schrecklich.«

»Aber das ist doch genau dasselbe«, rief Wiebe lachend.

Wiebe war immer in guter Stimmung; er war der ausgeglichenste von allen, obwohl die anderen Kinder bestimmt auch nicht quengelig waren. Überhaupt merkte Kees bald, daß blinde Kinder nicht anders sind als sehende. Sie spielen, sie zanken sich, sie machen Streiche, und sie prügeln sich.

Nur daß sie vielleicht ausdauernder arbeiteten.

Das letztere fiel Kees schwer. Es fiel ihm unendlich schwer, sich auf das Gefummel mit den Fingern zu konzentrieren. Stundenlang saß er über der Blindenschrift, während die übrigen alle etwas anderes taten. Das Gewimmel der kleinen Punkte unter seinen Fingern brachte ihn häufig zur Verzweiflung. Oft war es, als ob seine Finger einfach nicht mehr wollten. Sie wurden steif und dick, und Kees hätte am liebsten mit Fäusten auf all das Zeug eingeschlagen!

Jeder Buchstabe, jede Zahl bestand aus einer Anzahl von Punkten in einem abscheulich kleinen Rechteck. Nur das A und die 1 hatten einen einzigen Punkt, aber vor die Zahlen kam noch das Zahl-Vorzeichen. Der Franzose Braille hatte diese Blindenschrift erfunden, die jetzt in allen Ländern der Erde benutzt wird. In jedem Rechteck waren sechs Plätze für die Punkte, und aus der Anzahl und der Stellung der Punkte mußte man erkennen, was sie bedeuteten. Das sah so aus:

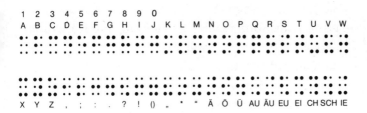

ZAHL-
VORZEICHEN

Aber Kees konnte es ja nicht *sehen,* er mußte es *fühlen,* er mußte es mit den Fingerspitzen ertasten, denn die Punkte, die auf unserer Zeichnung fett gedruckt sind, waren in Wirklichkeit erhöht.

Und dann mußte er auch lernen, die Punkte in die Tafel zu stechen. Das war ein kleiner Metallrahmen, den er auf ein Stück Blindenschriftpapier drückte, das dadurch in lauter kleine Rechtecke eingeteilt wurde. Es kam nun darauf an, die Punkte so zu stechen, daß sie genau in den Rechtecken saßen. Und das auch noch in Spiegelschrift, weil er es nachher mit den Fingern auf der anderen Seite lesen können mußte.

Manchmal versuchte Kees zu *sehen,* was er tat. Wenn er sich so schräg über seine Arbeit beugte und das Licht günstig war, gelang es ihm wohl mal. Aber das durfte er nicht.

Sobald der Lehrer dahinterkam, was er da machte, wurden seine Hände und seine Arbeit mit einem grünen Tuch zugedeckt.

»Verdammt!« sagte Kees plötzlich. Es war warm im Zimmer, die Sonne schien hell herein, und Kees fühlte sich matt. Er spürte, wie ein Prickeln ihn überlief.

»Verdammt!« sagte er noch einmal, während der Lehrer, der das grüne Tuch über seine Hände gelegt hatte, noch neben ihm stand.

»Oho«, hörte er Adele hinter sich sagen. Adele war so eine scheinheilige Stadtpflanze.

Aber die tiefe Stimme des Lehrers, hoch über ihm,

klang ganz ruhig: »Kannst du dich auf deine Augen verlassen?«

»Nein«, sagte Kees unwillig.

»Mußt du dich dann nicht auf etwas anderes verlassen können?«

Kees zuckte bockig mit den Schultern.

»Wenn du dich nicht auf deine Augen verlassen kannst, mußt du dann nicht lernen, dich auf etwas anderes zu verlassen?« Der Lehrer bestand auf der Beantwortung seiner Frage.

»Ich lerne das ja doch nie!« sagte Kees böse.

»So, du lernst es nie? Nun, dann muß ich dir sagen, daß du ein besonders großer Dummkopf bist, denn die andern haben es alle gelernt.«

Kees wurde blaß; er biß die Zähne zusammen.

»Ich war früher in der Schule sehr gut«, brachte er mühsam hervor.

»So, dann hast du dich wohl geändert«, sagte der Lehrer gelassen.

Kees gab keine Antwort.

»Oder irrst du dich vielleicht?«

Plötzlich fühlte er die Hand des Lehrers auf seinem Kopf und hörte ihn sagen: »Weißt du eigentlich, daß du schon ziemlich weit bist, wenn man bedenkt, daß du erst seit ein paar Wochen hier sitzt?«

Kees fühlte, daß ihm Tränen in die Augen stiegen. Nur gut, daß die andern das nicht sehen konnten. Aber sie durften auch nicht hören, daß er sich die Nase putzte.

Er fuhr sich hastig mit dem Handrücken über Augen und Nase.

Der Lehrer war schon weitergegangen.

Der war in Ordnung, der Lehrer!

Einmal mußte Wiebe die Aufgaben von Kees nachprüfen. Kees hatte schreiben dürfen, was er wollte. Schnell glitten Wiebes Finger über das dicke gelbe Papier mit den kleinen Punkten.

»Ach, du Dummkopf«, schalt Wiebe kameradschaftlich, »du hast den Stift wieder mal zu schräg gehalten. Das sind ja elende Punkte.«

»Was steht denn da, Wiebe?« fragte der Lehrer.

»Wenn ich etwas verkehrt geschrieben habe«, las Wiebe vor, »bist du ein Mistkerl, wenn du es sagst.«

Die ganze Klasse lachte.

»Na, Wiebe, nun weißt du Bescheid«, sagte der Lehrer.

Von nun an nahm Kees es gelassen hin, wenn er die anderen schnell vorlesen oder in rasendem Tempo die Blindenschrift schreiben hörte. Oft ratterten auch die »Pichten« in der Klasse. Kees mußte jetzt noch lachen, wenn er daran dachte, wie er am ersten Tag, als man beim Essen darüber sprach, gefragt hatte, was ein »Picht« sei.

»Das weißt du nicht?« hatte Robbie, ein Dreikäsehoch von sechs Jahren, ihn gefragt.

»Nein«, hatte Kees geantwortet. Und dann hatten sie alle angefangen zu lachen.

»Hast du denn draußen nicht den Leiterwagen bemerkt?« hatte Wiebe ihn gefragt.

»Nein«, hatte Kees geantwortet.

»Das ist so ein ›Picht‹«, hatte Wiebe gesagt. »Da müssen wir jeden Tag raufklettern, um unser Schwindelgefühl zu überwinden. Blinde haben Angst, weißt du.«
Wieder erklang ein Hohngelächter.

»Weißt du's nun?« hatte Wiebe gefragt. Aber Kees hatte nicht recht gewußt, was er dazu sagen sollte, und hatte nur verlegen geschwiegen.

Jetzt mußte er lachen, wenn er daran dachte. Pichten waren die Blindenschreibmaschinen, die die Kinder nach dem Konstrukteur der Maschine so nannten. Verdammt praktische Dinger mit sechs Tasten. Und wie schnell manche darauf tippen konnten! Vor allem diese verflixte Adele, das mußte Kees zugeben. Aber auch Wiebe konnte damit umgehen.

Manchmal verglich Kees Wiebe und Gerd miteinander. Beide waren sehr vernünftig, er – Kees – noch nicht. Sie waren nicht aus der Ruhe zu bringen. Wenn Kees böse und ungeduldig war, wie das öfter vorkam, konnte er sich maßlos über Wiebe und Gerd ärgern. Gerd kannte das Gefühl nicht, daß man am liebsten alles kaputtgeschlagen hätte. Auch Wiebe nicht. Oft warf Kees ihm vor, daß er ein Blödian sei. Aber dann sagte Wiebe ganz ruhig: »Du bist selbst ein viel größerer Blödian.«

So war es kürzlich gewesen, als ihm Pietje Pals im

Spielhof mit seinem Roller in rasender Fahrt gegen das Schienbein gefahren war und Pietje selbst sich dabei ein Loch in den Kopf geschlagen hatte. Sie hatten doch beide nur spielen wollen, und dann nahm das so ein Ende, nur weil man nicht richtig sehen konnte! Kees war vor Wut außer sich geraten und hatte mit den Füßen getrampelt und um sich getreten, und Herr van der Veer hatte ihn in sein Zimmer geholt und mit ihm gesprochen. Später war er mit Wiebe in den Wald gegangen. Wiebe hatte nichts gesagt und Kees die Führung überlassen. Nach Wiebes Meinung sah Kees noch eine ganze Menge. Er sah die Bäume und Sträucher noch als dunkle Flecke. Wiebe konnte sie nur *hören,* und auch nur, wenn es nicht so viele waren.

Schließlich hatte Wiebe gesagt: »Ich will dir mal eine Geschichte erzählen, die ich von Willem gehört habe.«

Willem war Wiebes älterer Bruder, der in dem Haus der großen Jungen wohnte.

Willem war ein Mordskerl; Kees hatte ihn nur zweimal gesehen. Er war genau wie Wiebe völlig blind; beiden fehlte ein bestimmter Nerv.

Und Wiebe berichtete: »In Willems Schlafsaal ist ein drolliger Kerl, der jeden Abend Geschichten erzählt. Neulich hat er diese erzählt:

Es war einmal ein Mann, der sehen konnte und der entsetzlich fluchte. Eines Tages wurde es dem lieben Gott zuviel. Er sandte dem Mann eine Botschaft, daß er blind werden würde, wenn er weiter so fluchte. Der

64

Mann versprach, sein Bestes zu tun, aber es fiel ihm
furchtbar schwer. Eines Tages fluchte er wieder fürch-
terlich, und plötzlich konnte er weniger sehen. Er erschrak sehr, und dann ging es eine Zeitlang gut. Aber
er konnte das Fluchen nicht lassen, und da sah er plötzlich nur noch ganz wenig. Er bekam gewaltige Angst,
aber er war doch sehr froh, daß er noch nicht ganz blind
war. Einige Zeit beherrschte er sich wieder, wenn es
ihm auch schwerfiel. Doch dann konnte er es wieder
nicht sein lassen. Er fluchte, aber er wußte sofort, was
er getan hatte. Und nun begann er, den lieben Gott an-
zuflehen, daß er ihn doch weiter nur schlecht sehen lassen möchte. Er weinte und jammerte. Er sagte, daß er
schrecklich froh sein würde, wenn er weiter nur
schlecht sehen könnte. Und der liebe Gott ließ sich er-
weichen. Er schickte dem Mann eine Botschaft, daß er
zufällig Watte in den Ohren gehabt hätte.«
Kees lachte, doch Wiebe blieb ernst.
»Hast du's verstanden?« fragte er.
»Natürlich!« sagte Kees bitter. »Ich muß froh sein, daß
ich die Amsel dahinten singen höre, wenn ich sie auch
nicht mehr sehen kann.«
Darauf sagte Wiebe nichts. Er fing an, den Vogel nach-
zuahmen. Nach einer Weile sagte er: »Übrigens ist es
keine Amsel, sondern ein Fink.«
»Unsinn«, fuhr Kees auf, »man merkt sofort, daß du
aus der Stadt kommst. Du nennst alle Vögel, die nicht
schwimmen, einfach Finken.«

»Immerhin bin ich schon sechs Jahre hier draußen«, antwortete Wiebe bedächtig. »Und ich sag dir, es ist ein Fink.«

»Wir könnten Rikkie fragen«, entschied Kees. »Rikkie weiß es bestimmt. Und wer von uns beiden gewinnt, darf die Nachspeise vom anderen aufessen.«

»Ich werde immer ordentlich satt«, sagte Wiebe ironisch.

»Ich auch«, sagte Kees. »Aber ich meine die süße Nachspeise!«

»Na gut«, sagte Wiebe.

Beide machten sich auf die Suche nach Rikkie. Rikkie war ein kleiner, eigensinniger Kerl aus der ersten Klasse. Sein Vater trat in einem Varieté auf; das wollte Rikkie später auch. Er war völlig blind, aber als Imitator von Vogelstimmen brauchte man keine Augen, erklärte Rikkie. Er kannte die Stimmen aller Vögel und machte sie erstaunlich gut nach. Den Kopf etwas zur Seite geneigt, die blicklosen Augen ins Leere gerichtet, gab Rikkie seine Nummern zum besten. Nicht nur seine Zuhörer waren zufrieden, sondern er auch.

»Der kleine Kerl platzt noch mal vor Stolz«, hatte Frau Soer gestern erst gesagt. »Ihr müßt ihn nicht so anhimmeln, das bekommt ihm nicht.«

»Ach, Frau Soer, so gut wie hier wird es ihm auch nicht immer gehen«, hatte Cootje gerufen.

Cootje war ein Zigeunerkind; sie kam aus einem Wohnwagen, und darauf war sie sehr stolz. Sie hatte selbst ein Lied gemacht, das hieß: »Wir sind ein fahrendes Volk«. Dieses Lied gab sie gern zum besten, wenn Gäste da waren, und auch, wenn keine da waren.

Cootje war das erste Mädchen in Kees' Leben, das ihn nicht gleichgültig ließ. Sie war geschickt und lernte leicht, und obwohl sie seit ihrem dritten Lebensjahr blind war, schien sie die ganze Welt zu kennen. Sie hatte eine besondere Vorliebe für Rikkie und bemutterte ihn gern, obwohl sie nicht im selben Haus wie er wohnte und Rikkie ihre Bemutterung auch nicht besonders gern hatte.

Cootje schaukelte gerade lässig in dem alten Autoreifen, der neben dem Reck auf dem Spielplatz hing, während Rikkie mit mehreren Kindern aus seinem Haus am Reck turnte. Seine Stimme hörte man immer aus allen heraus.

»Rikkie, komm mal her!« kommandierte Kees.

Rikkie kam sofort herunter, denn vor Kees hatten alle Respekt. Er war nicht nur einer der Ältesten, er konnte auch allerlei. Da er mehr sah als die meisten andern, war er wie der Einäugige König im Land der Blinden, und das hatte er selber sehr schnell heraus. Das gehörte zu den Dingen, die Kees mit seinem neuen Leben versöhnt hatten. Zu Hause war er ein bedauernswerter Kerl gewesen, hier aber war er wieder jemand.

»Ja?« hörte er Rikkie nun sagen.

»Wie singt eine Amsel?« fragte Kees.

Rikkie pfiff, und es klang genauso wie das Flöten des Vogels, den sie eben gehört hatten.

»Und jetzt flöte mal wie ein Fink«, sagte Wiebe.

Wieder pfiff Rikkie. Die Jungen hörten genau zu. Der Unterschied war deutlich.

»Ich habe recht«, entschied Kees. »Es war eine Amsel.«

»Habt ihr vielleicht Krach?« fragte Cootje teilnahmsvoll. Wenn es Krach gab, dann war sie in ihrem Element, das brachte Leben in die Bude; wenigstens wenn es kein gemeiner Krach war – den hatte auch sie nicht gern.

»Wir haben einen Vogel singen hören, von dem ich behauptete, daß es eine Amsel war. Aber Wiebe meint, es war ein Fink«, erklärte Kees.

»Soso«, sagte Cootje, und die beiden Jungen hörten sie in ihrem Autoreifen schwingen. »Und ich glaube, daß es ein Kiebitz war.«

»So einen Vogel gibt es gar nicht!« rief Rikkie triumphierend.

»Wie alt bist du, Säugling?« fragte Cootje. »Bei uns gibt es massenhaft Kiebitze.«

Wenn Cootje »bei uns« sagte, meinte sie Roermond, den Ort, wohin der Wohnwagen ihrer Eltern immer zurückkehrte. In Roermond gab es alle möglichen Dinge, die es sonst nirgends gab. Und da keins der Kinder Roermond kannte, konnten sie Cootje auch niemals widersprechen.

68

»Na ja«, meinte Wiebe zögernd. »Vielleicht war es ein Kiebitz, der sich hierher verirrt hat.«

Kees schwieg. Er wußte nicht sicher, ob sie sich über ihn lustig machten, und er wollte – vor allem vor Cootje – nicht als Dummkopf dastehen. Das sicherste schien ihm zu sein, wenn er die Sache unentschieden ließ. »Wie ihr meint«, sagte er daher lässig.

Cootje lachte. »Hör ihn nur!«

Kees schaute hinauf und versuchte, Cootje zu sehen. Aber das Bild, das er sah, war so verschwommen, daß er nicht klug daraus werden konnte. Er hätte so gern gewußt, wie sie aussah. Doch wagte er natürlich nicht, sie zu betasten, wie das die Kleinen wohl mal taten, wenn sie einander kennenlernen wollten. Er erinnerte sich gut, wie er am ersten Tag Ronnie beiseite geschoben hatte, als der kleine Junge auf seinen Schoß geklettert war und Kees' Gesicht betastet hatte. »Ich will dich *sehen*«, hatte der Kleine gemurmelt.

Und nun wollte Kees gern Cootje sehen. Er stellte sie sich in einem rotkarierten Kleid vor, mit schwarzen Haaren, die bis zu den Schultern reichten, und mit funkelnden Augen.

So ungefähr sah sie auch aus. Komisch, er dachte jetzt selten darüber nach, wie die Menschen aussahen. Vielmehr hörte er auf ihre Stimmen. Cootjes Stimme klang übrigens nicht schön, doch so wechselnd und lebendig wie plätscherndes Wasser.

Wasser, dachte Kees, während er sich allein davonmachte; Wasser fehlte ihm sehr. Hier gab es nur Heide, Wald und trockenes Gras. Es gab einen Baum, in den man klettern konnte, aber es gab kein Wasser, das man hören und in das man die Hände tauchen konnte. Und kein Wasser zum Schwimmen. Na ja, ein Schwimmbad natürlich schon . . .

Das Schwimmen machte wohl Spaß, und der Unterricht bei Herrn Lange war lustig.

Aber das Schwimmbad selbst! Es roch immer nach Chlor. »Hätte ich doch die Seen hier«, murmelte Kees leise vor sich hin.

Mit den Füßen suchte er etwas, was er wegschubsen konnte.

Steine oder Tannenzapfen. Gestern hatte er mit den Händen die Eichenblätter abgetastet und Galläpfel gefunden. Und bei Tisch wollte er Adele weismachen, daß er daraus eine Farbe zum Färben der Augenbrauen bereiten könne.

»Wenn man Cootje mit Adele vergleicht . . .« brummte er vor sich hin. Adele, die jeden Samstag mit dem »Wagen« abgeholt wurde, und Cootje, die niemals nach Hause kam, weil das viel zu weit und zu teuer war. Und wer war zufrieden?

Cootje. Und wer jammerte ewig? Adele. Fragte man Adele, was ihr Vater in Amsterdam machte, dann antwortete sie ausweichend: »Geschäfte.« Wenn Cootje von zu Hause sprach, erzählte sie munter, daß ihr Vater von Tür zu Tür ging, um etwas zu reparieren: Stüh-

70

le, Matten oder Körbe. »Aber das mache ich später nicht«, fügte sie gleich hinzu. »Ich will Telefonistin werden.«

»Telefonistin«, murmelte Kees leise vor sich hin. In diesem Augenblick wurde an eine Fensterscheibe geklopft. Kees wußte, wo er war; hinter den Häusern in der Nähe von Herrn van der Veers Büro. Eine Tür öffnete sich, und Kees hörte die Stimme des Schulleiters: »Kommst du mal zu mir, Kees?«

Zögernd trat Kees ein. Er hatte doch nichts verbrochen, soviel er wußte. Und ein Brief von daheim konnte es auch nicht sein; er hatte eben erst einen bekommen.

»Setz dich«, hörte er freundlich sagen.

»Ich habe dich gerade dort gehen sehen«, begann Herr van der Veer. »Und ich habe gesehen, wie du vor dich hin sprachst. Stimmt das?«

»Ja, vielleicht«, antwortete Kees etwas gereizt.

»Ich möchte dir einen guten Rat geben, Junge. Laß das sein. Viele Blinde tun das, aber es ist eine schlechte Angewohnheit. Wir müssen versuchen, euch das abzugewöhnen. Genauso wie das Reiben in den Augen. Auch das tust du öfter.«

Kees schwieg. Frau Soer hatte ihm neulich genau das gleiche gesagt. »Ihr müßt das lassen und euch so benehmen wie jeder andere«, hatte sie gesagt.

Kees wußte, daß sie recht hatten.

»Du mußt versuchen, auf dich zu achten und dich zu

beherrschen. Daran fehlt es bei dir noch sehr. Stimmt's?« fragte Herr van der Veer.

Kees war, als hätte er einen Brocken in der Kehle. Er konnte weder ja noch nein sagen. Er sah auf die große dunkle Gestalt, die ihm gegenüber auf dem Stuhl saß, und er bildete sich einen Augenblick ein, daß er Herrn van der Veer so schlecht sehe, weil er Tränen in den Augen hatte.

Einen Augenblick fühlte er Herrn van der Veers Hand auf seinem Kopf – nur einen Augenblick, doch genügte es, ihn ein bißchen zu trösten.

»Du bist alt genug, Kees, daß man ein vernünftiges Wort mit dir reden kann. Schau mal, wir müssen euch hier auf das Leben vorbereiten. Das siehst du gewiß ein. Wir müssen viel von euch verlangen, denn von Blinden wird nun einmal viel verlangt. Auch von den Menschen, die fast blind sind. Von denen sogar oft noch mehr, weil man denkt: Der sieht doch noch etwas. Glaub mir, Junge, und versuch, danach zu handeln. Nicht umsonst raten wir euch: Eßt normal, haltet euch gerade, wackelt nicht mit dem Kopf, schlenkert nicht mit Armen und Beinen, und reibt euch nicht ständig die Augen. Und führt auch keine Selbstgespräche, Kees. Laß es dir nicht durchgehen, wenn du merkst, daß du es tust. Schließlich hast du das früher auch nicht getan, nicht wahr?«

Kees schüttelte den Kopf. Er brachte noch immer nichts heraus. Seine Kehle war wie zugeschnürt. Wäre er doch zu Hause bei Vater und Mutter, die ihm niemals so etwas sagten; wo er sein eigenes Bett hatte, auf dem er sich ausheulen konnte, ohne daß ein anderer Junge dazukam. Er hatte Sehnsucht nach Gerd, nach einem Boot und den Seen. Er wünschte sich weit, weit weg – fort von diesem Lernen und Erziehen.

»Das hörst du nicht gern von mir«, fuhr Herr van der Veer fort. »Und doch muß ich es dir sagen. Wir sind dazu da, völlig offen mit euch über alles zu sprechen. Manches sagen euch eure Eltern nicht, weil es ihnen zu schwer fällt. Verstehst du das?«

Kees nickte. Ja, das verstand er sehr gut. Aber das machte es kaum leichter.

»Du hast dich mit Wiebe angefreundet, nicht wahr?« hörte Kees die freundliche Stimme wieder. »Wiebe ist schon sechs Jahre bei uns. Er ist ein ehrlicher Freund, das weiß ich. Und du weißt es hoffentlich auch. Es gibt nicht viele solche Prachtkerle wie Wiebe.«

»Ja, Herr van der Veer«, brachte Kees mühselig hervor.

»Und jetzt habe ich noch eine Überraschung für dich«, begann Herr van der Veer wieder. Er stand auf und holte offenbar etwas aus seinem Schrank. »Einen Brief. Aber nicht einen gewöhnlichen, den wir vorlesen müssen, sondern einen Brief in Blindenschrift. Bitte, du kannst ihn lesen, wo du willst.«

Kees riß Herrn van der Veer den Brief beinah aus der Hand. Ja, er fühlte sofort das dicke, steife Papier.

»Wiedersehn, Kees.«

»Wiedersehn, Herr van der Veer, und . . . danke«, beeilte sich Kees noch hinzuzufügen.

Er wollte schnell aus dem Zimmer. An der Tür angekommen, griff er auf der falschen Seite nach der Klinke. Trotzdem war er im Nu draußen auf dem Gang. Wohin sollte er gehen, um den Brief zu lesen? Von wem war der Brief wohl? Vater und Mutter waren dabei, die Blindenschrift zu lernen, aber sie waren doch unmöglich schon so weit, daß sie sie schreiben konnten. Beide hatten doch wenig Zeit. Und Ankie? Nein, das war dummes Zeug.

Wohin sollte er nun mit seinem Brief gehen? Im Wohnzimmer vom »Dompfaff« mochte er ihn nicht lesen. Da würden die anderen bestimmt neugierig werden. Im Wald an einem Weg wußte er einen flachen Stein. Dort war er ungestört.

Er lief, fiel fast über eine Baumwurzel, hörte Stimmen auf der anderen Seite der Häuser und rannte beinah gegen zwei große Jungen. Noch im rechten Augenblick hörte er ihre Stimmen, dann sah er sie auch und wich ihnen aus.

Einer von ihnen griff nach Kees und packte ihn beim Ärmel: »He, du Esel, warum so eilig?« Kees riß sich los und lief weiter. Er drehte sich um und rief zurück: »Alter Trottel, der du bist!« Sie wußten ja nicht, wer er war, und würden ihn doch nicht finden können. Aber er hörte noch, wie die Jungen gutmütig lachten; sie lachten schon wie Männer. Ob er auch immer noch hier sein würde, wenn er so groß war?

Er fand den Stein sofort und kniete sich dicht davor; dann riß er den Brief schnell auf und strich ihn auf der großen Fläche glatt.

Zuerst suchte er nach der Unterschrift. Nervös glitten seine Finger über das Papier. Hier mußte sie sein. Und er las: Dein Freund Gerd. Gerd! Gerd! Zum Teufel noch mal! Er fühlte noch einmal. Aber da stand es, ein Irrtum war ausgeschlossen.

Dann las er den Brief.

Lieber Kees!

Das ist eine Überraschung, nicht wahr? Ich habe es gelernt. Aber Oma ist auch beinah verrückt geworden davon. Einmal abends hat sie gesagt, daß sie ganz zappelig von dem ewigen Picken würde. Sicher wird sie sich daran gewöhnen, und sie meint es nicht böse. Von Deiner Mutter wirst Du auch bald einen Brief in Blindenschrift bekommen. Sie kann es auch schon recht gut. Oder hat sie Dir das selber schon in einem normalen Brief geschrieben? Ich habe für Ankie drei Kröten gefangen. Zusammen mit einem kleinen Salamander hat sie jetzt ein richtiges Terrarium. Es steht in Deinem Schuppen. Ich habe ihr gesagt, daß Du das bestimmt gut fändest. Einverstanden? Und jetzt grüßt Dich

Dein Freund Gerd

Gerd, guter alter Gerd! Kees fing noch einmal von vorne an zu lesen, aber diesmal las er sich den Brief leise vor. Das würde Herr van der Veer gewiß gut finden, schoß es ihm durch den Kopf. Das war doch etwas anderes, als wenn er vor sich hin redete.

Das war ein feiner Brief, und Gerd hatte ihm genau das geschrieben, was er im Augenblick brauchte. Nämlich die Gewißheit, daß sie zu Hause auch Blindenschrift lernten und daß so seine beiden Welten nicht völlig auseinanderzufallen drohten. Ob Herr van der Veer wußte, daß es ein Brief von seinem besten Freund war? Vielleicht! Wahrscheinlich stand ja der Absender mit Tinte geschrieben darauf. Ach, dieser Gerd!

Und auf einmal begann Kees zu weinen; die Tränen fielen auf den Stein und auf seinen Brief.

Aber er weinte diesmal nicht vor Ärger, sondern vor Glück, vor Glück über die Freundschaft mit Gerd, über die Freundschaft mit Wiebe, vielleicht sogar über die gut gemeinten Worte von Herrn van der Veer. Und weil er doch nicht so einsam war, wie er gedacht hatte.

5

Friedlich lagen die fünf kleinen Häuser in der Sonne. Hier und dort war Spielzeug auf den Treppen verstreut, ein kleiner Wagen oder ein in der Eile liegengelassener Roller. Mit dem Kopf auf den Vorderpfoten wartete Hans, der große Hund des »Goldhähnchens«, daß die Kinder nach Hause kämen. Dann und wann blinzelte er mit den Augen und schnappte nach einer späten, noch herumschwirrenden Fliege. Es war Spätherbst geworden, doch das Wetter war schön und mild. Die wenigen Blätter, die noch an den Bäumen hingen, fielen langsam und raschelnd auf die Erde.

Ganz hinten, wo sich die Küche und der große Eßsaal des Internats für die Älteren befanden, hörte man schon das Klappern der Kessel, die auf den Wagen geladen wurden. Gleich würde der Wagen hier vorbeikommen; aber noch war es ganz still. In den Häusern waren die Tische schon gedeckt. Alles lag in der hellen Sonne, die Wohnräume und auch die große Spielwiese. Dahinter, unter hohen Tannen, standen die Turngeräte, das Reck, die Kletterstangen und das, was Frau Soer immer als »das Affenzeug« bezeichnete. Dort hoch oben hing auch der Autoreifen, der fast immer besetzt war, weil man damit so herrlich schaukeln konnte. Doch war kein Kind zu sehen, nirgends. Sie bauten mit Klötzen oder büffelten noch in der letzten Lese- oder Rechenstunde.

Aber dann schlug es zwölf, und mit einem Mal verwandelte sich die Schule in einen Bienenkorb. Sogleich begann auch das Leben auf dem mit Kies bedeckten Schulhof. Hastig stürmten die ersten nach draußen; manche hatten die Jacken noch nicht einmal richtig angezogen. Andere folgten, Kleine und Große. Es wurde gerufen, Unsinn gemacht und gelacht, und durch das laute Gerede der Größeren klangen die hellen Stimmchen der Kleinen aus dem Kindergarten. Eins der kleinen Mädchen drehte sich weinend um sich selbst; sie konnte den Weg nicht finden. Ein etwas älteres Kind, das sich besser auskannte, faßte sie an der Hand. Gleich darauf wurden beide von einem der älteren Jungen umgerannt, aber das machte nichts. Sie waren rasch wieder auf den Beinen und gingen jetzt nach Hause.

In einer Ecke des Schulhofs, unmittelbar unter den großen Fenstern des Festsaals, vergnügte sich eine Reihe von Jungen und Mädchen mit Bockspringen. Ein kleiner, dunkelhaariger französischer Junge, der erst seit sechs Wochen im »Papagei« wohnte, machte eifrig mit, obwohl er völlig blind war.

»Bravo, Franzose, laß dich nicht unterkriegen!« hörte man Cootjes laute Stimme, als der kleine Junge nach seinem letzten Sprung fröhlich ausrief: »Isch bin da!«

Bedächtig, die Hände in den Taschen, ging Kees auf dem breiten Weg zwischen Wiebe und Jan Pruis seinem Haus zu. Nur einen Augenblick hatte er die Ohren gespitzt, als er Cootjes Stimme vernahm.

Jan Pruis gehörte zu den Menschen, die sich gern anderen aufdrängen. Sicher dachte er sich nichts dabei, doch suchte er um jeden Preis die Freundschaft mit Kees. Der fand ihn manchmal lästig, vor allem wenn er mit Wiebe allein sein wollte. Jan Pruis konnte genau wie Wiebe gar nichts mehr sehen, und deshalb wollte er am liebsten mit den Jungen, die noch nicht ganz blind waren, wie Kees zum Beispiel, zusammen sein. Mit ihm konnte man beim Spielen mehr riskieren als mit allen anderen Jungen. Kees wagte noch, in die höchsten Bäume zu klettern, er lief am allerbesten, und erst vor kurzem hatte er sich das Rad des Turnlehrers geklaut und war damit auf allen Wegen gefahren, selbst auf der Zufahrtsstraße zum Hauptgebäude. Dort war er allerdings gegen den kleinen Wagen des Gärtners geprallt, der auf der Straße gestanden hatte. Aber Kees war gleich wieder auf den Beinen gewesen und hatte noch eine Ehrenrunde gedreht, wobei er sogar unter der Leiter des Fensterputzers durchgefahren war. Aber dann hatte Wiebe ihm die Meinung gesagt. Wiebe sagte ihm öfter gehörig die Meinung.

Plötzlich stieß Jan Kees in die Seite.

»Hör dir mal diese Knaben an!«

Sie blieben stehen. Durch ein offenes Fenster im »Papagei« hörten sie die Stimmen von Joost und Harry. Sie stritten über ihre Augen. Die von Joost waren aus Glas, doch Harry hatte soeben neue aus Plastik bekommen, weil seine Glasaugen in der vorigen Woche hingefallen und zerbrochen waren.

»Meine sind besser!« hörten sie Joost sagen.

»Das ist nicht wahr! Plastikaugen sind viel besser!«

»Aber mit Glasaugen kann man besser sehen!« behauptete Joost.

»Quatsch! Mit Plastikaugen kann man viel besser sehen!«

Die Jungen auf dem Hof stießen einander an und grinsten. Ihnen machte der Streit Spaß. Er erinnerte sie an den Zank zwischen Adele und Cootje, die alle beide nicht das mindeste sehen konnten und sich neulich trotzdem um einen Spiegel in die Haare geraten waren, von dem jede behauptete, daß er in *ihr* Täschchen gehörte.

Wiebe schüttelte den Kopf

Kees und Jan mußten lachen.

In diesem Augenblick erscholl aus der Küche des »Papagei« die fröhliche Stimme von Frau Leeuwenburg.

»Also, Jungens, ich weiß eine Lösung. Morgen früh tauscht ihr eure Augen, dann wißt ihr sofort, wer von euch recht hat.«

»Aber meine sind doch besser«, trumpfte Joost auf, der das letzte Wort behalten wollte.

»Los, du Dickkopf, nimm diese Schüssel mit Apfelmus

und trag sie hinein!« befahl ihm Frau Leeuwenburg.

»Und Harry nimmt das Kartoffelpüree!«

»Haha«, rief Kees draußen, »jetzt wissen wir wenigstens, was es zu essen gibt!«

»Apfelmus, fein«, sagte Wiebe zufrieden.

Die drei Jungen machten, daß sie in ihr Haus kamen. Nur Jan Pruis konnte sich noch nicht beruhigen: »Der Joost ist ein Angeber.«

»Ach«, sagte Wiebe ruhig, »er ist nicht der ärgste.« Und mit einem Lachen fügte er hinzu: »Ich kenne schlimmere.«

Kees spürte den Seitenhieb.

Tatsächlich gab er in der letzten Zeit mächtig an, was seine Augen betraf. Er sah dies und er sah jenes. Aber leider stimmte es nicht. In Wahrheit nahm sein Sehvermögen beständig ab. Das wußte er auch sehr gut, und es bedrückte ihn so sehr, daß er selbst mit Wiebe nicht darüber zu sprechen wagte. Es war, als ob er die drohende Gefahr abwenden könnte, indem er nicht darüber redete.

Die übrigen Jungen hatten noch nichts davon bemerkt. Kees war noch immer ihr Anführer, beinah mehr noch als früher, weil er unaufhörlich beweisen wollte, daß er mehr sah als sie alle. Natürlich wollte er das vor allem sich selbst beweisen und so die tödliche Angst unterdrücken, die ihn bisweilen beschlich.

Aber das glückte ihm nicht. Nachts grübelte er oft stundenlang darüber. Während des Unterrichts passierte es ihm plötzlich, daß er etwas nicht mehr sah, was er vor einem Monat noch sehr wohl hatte sehen können. Manchmal versuchte er krampfhaft etwas zu sehen, was er sehen *wollte*.

Dabei war sein Gehör bei weitem nicht so gut wie das von Wiebe. Wiebe hörte die Bäume und Sträucher, Wiebe hörte die Telefonmasten am Weg, und er hörte das Wartehäuschen aus Glas an der Omnibushaltestelle.

Wiebe behauptete, daß Kees das auch lernen könnte, wenn er nur genügend Geduld aufbrächte. Man konnte diese Dinge hören, weil sich an ihnen die Schallschwingungen brachen. Aber das interessierte Kees nicht; er wollte die Dinge *sehen*.

»Apfelmus und Kartoffelpüree – glaubst du, daß wir ein gekochtes oder ein Spiegelei dazukriegen?« hörte er Jan Pruis plötzlich neben sich sagen.

»Das ist mir wurscht«, antwortete er grob. »Tschüs.«

Schnell verschwanden Wiebe und Kees im »Dompfaff«; Jan mußte noch weiter, bis zur »Bachstelze«. Sie kamen zu spät, die anderen saßen schon am Tisch und warteten. Die Schüsseln dampften. Der kleine Jantje sprach das Tischgebet: »KommHerrJesusseiunserGastundsegnewasduunsbescherethastAmen.«

»Dann schlug er mit dem Löffel auf seinen Teller. Jantje war vier Jahre alt, ein winzigkleiner Kerl mit krausen Locken auf seinem viel zu kleinen Kopf. Mientje, die neben ihm saß, band ihm das Lätzchen um. Adele rümpfte die Nase über das harte Ei auf ihrem Teller.

»Zu Hause bekomme ich oft Aal«, erzählte sie.

»Bah, das würde ich nicht essen«, erklang Cootjes lebhafte Stimme. »Die widerlichen Biester, die selber nichts als Abfall fressen!«

Alle lachten, nur Adele saß da mit beleidigtem Gesicht.

»Lecker«, hörte man plötzlich die kleine Marjon sagen. »Apfelmus schmeckt gut.«

Cootje prustete auf einmal los, und sofort wußten alle: Jetzt kam wieder eine ihrer Geschichten. »Na, raus damit«, ermunterte sie Frau Soer.

»Hört mal«, begann Cootje lachend. »Ich ging auf dem Spielplatz hinter Herrn van der Veer und der fremden Dame, die neulich hier war und sich alles ansah. Wißt ihr, was sie sagte? Sie hatte Miesje Krol gesehen, wißt ihr. Sie sagte: ›Was ist die kleine Miesje doch für ein süßes Kind!‹« Cootje sprach auf einmal ganz affektiert und betonte jedes Wort: »›Und was für Augen sie hat, was für entzückende Augen das arme Ding hat!‹ – Wenn sie gewußt hätte, daß Miesje die entzückenden Augen abends rausnimmt!«

Jetzt lachte der ganze Tisch. Ja, so war es, wenn einer von etwas redete, wovon er nichts verstand.

»Ich möchte noch etwas Apfelmus«, erklang unüberhörbar Marjons Stimme.

Nach dem Essen kam Piet aus der »Blaumeise« auf ei-

nen Sprung herüber. Er mußte Kees dringend sprechen. In der Ecke, wo das Klavier stand, wurde eine
ernsthafte Konferenz abgehalten. Ob Kees Lust hätte,
mit seiner Trompete in dem kleinen Orchester mitzu-
machen, das am Nikolausabend spielen sollte.

»Aber ich kann überhaupt nicht richtig spielen«, protestierte Kees.

»Da mußt du eben üben«, sagte Piet Ruigers, dem man
sofort den Bauernjungen anmerkte. Piet war der
Wortführer in der »Blaumeise«; er selbst spielte Ziehharmonika.

»Und Wiebe Klavier?« erkundigte sich Kees.

»Ach was, Wiebe spielt viel zu langweilig«, sagte Piet.
»Wir nehmen Jantje Hoeks.«

»Jantje Hoeks? Den Dreikäsehoch?« fragte Kees erstaunt.

»Er wird auf einen hohen Stuhl gesetzt«, bestimmte
Piet, »und dann soll er ruhig alle Schlager spielen, die
er kennt!«

»Na, und was soll ich denn dabei?« fragte Kees.

»Du bläst hier und da einen Ton dazwischen«, schlug
Piet vor, »und sonst laß mich nur machen. Ernst
schlägt das Tamburin. Rikkie spielt Mundharmonika
und ich Ziehharmonika. Am Mittwochnachmittag ist
Probe in der Kuppel.«

Die »Kuppel« wurde der Festsaal genannt, der an den
Schulhof grenzte. Alle Festlichkeiten und auch die
Proben fanden stets dort statt. Aber was Kees und

seine Trompete betraf, so sollte er lieber vorläufig in einem der Räume des Musikgebäudes üben, »denn«, so sagte Piet – »man soll das Publikum nicht von vornherein verwöhnen.«

»Na schön, ich will mein Bestes tun«, versprach Kees. Daß er sich darüber freute, daß Piet ihn zum Mitspielen aufgefordert hatte, sagte er nicht. Dazu war er zu stolz.

Nachdem Piet gegangen war, schlenderte Kees zu Wiebe hinüber, der zusammen mit Cootje in der Ecke am abgeräumten Eßtisch saß und Radio hörte. Marjon hatte sich zu ihnen gesetzt und schaukelte ihre Puppe.

»Was wollte der von dir?« erkundigte sich Wiebe.

»Ob ich Lust hätte, zu Nikolaus im Orchester mitzuspielen«, sagte Kees, der jetzt aus seiner Freude über diese Aufforderung kein Hehl machte.

»Sag, Cootje«, fragte Marjon plötzlich, »wen findest du eigentlich netter, Kees oder Wiebe?«

Beide Jungen wurden puterrot, doch sah das außer Frau Soer niemand. Aber Cootje antwortete, kernig und ehrlich wie immer, ohne die mindeste Verlegenheit: »Wen ich netter finde? Das weiß ich nicht. Kees ist nicht so schrecklich träge wie Wiebe, aber Wiebe gibt nicht so an wie Kees. Warum muß ich nun unbedingt einen von beiden netter finden?«

»Ich finde Wiebe netter«, sagte Marjon, »weil er mir Butter auf den Kopf geschmiert hat, als ich mich gestoßen habe.«

»Hoffentlich läßt er das in Zukunft bleiben«, sagte Frau Soer lachend.

»Ach, Frau Soer, so'n bißchen Butter macht doch nichts aus!« rief Bobbie dazwischen.

Bobbie war ein blasser, weinerlicher Junge mit einem stark heraustretenden Auge, das ihm oft weh tat. Selbst nachts weinte er häufig, sogar wenn er eben erst seine Tropfen bekommen hatte, und es war für die anderen oft schwer, die Geduld nicht zu verlieren. Der einzige, der sie auch Bobbie gegenüber nie verlor, war Wiebe. Die Augenärzte in Amsterdam und auch hier rieten, das Auge herauszunehmen, da er doch niemals mehr etwas damit würde sehen können; aber Bobbies Eltern wollten nicht. Er hatte nämlich schon ein Glasauge, und wenn man das andere Auge auch noch opferte, war alle Hoffnung vorbei. Aber Bobbie selbst bettelte dauernd um ein zweites Glasauge. Auch jetzt wieder, weil er eben mit dem Kopf gegen die offene Tür gelaufen war.

»Frau Soer, mir tut mein Auge so weh. Können Sie es mir nicht rausnehmen?«

»Du weißt doch genau, daß das nur der Arzt tun kann, Bobbie.«

»Du mußt dir ja auch nicht den Kopf stoßen, du Esel! Gebrauch deine Hände besser«, schalt Cootje.

»Wir stoßen uns ja auch nicht den Kopf.« Das war Marjons hohes Stimmchen.

»Na, Mahlzeit!« rief Kees. »Nur so'n verflixt geschickter Kerl wie Piet Ruigers stößt sich niemals. Oder so'n ganz vorsichtiger wie Wiebe!«

»Oder so ein tüchtiger wie Kees, nicht wahr?« ergänzte Cootje spöttisch.

Wieder wurde Kees rot. Es war ihm unangenehm, wenn Cootje derartige Bemerkungen über ihn machte, und vor allem, wenn sie einigermaßen recht damit hatte.

»Kees, du solltest jetzt hinüber ins Musikgebäude gehen und auf deiner Trompete üben«, sagte Frau Soer. »Aber vergiß nicht, dir die Hände zu waschen, bevor du wieder zum Unterricht kommst.«

»Ja, Frau Soer.« Kees war froh, daß er mit Anstand verschwinden konnte. Eine Trompete war doch ein ganz besonderes Instrument, und ein Junge, der so ein Instrument besaß, war noch immer etwas Besonderes.

Die Nikolaus-Feier war wunderbar. Das einzige Malheur, das passierte, war, daß jemand eine Tasse Kakao über das kostbare Gewand von St. Nikolaus schüttete. Aber Cootje wußte gleich Rat: »Mit warmem Wasser auswaschen, Nikolaus!«

Das kleine Orchester spielte ein Stück nach dem anderen, und die Trompetenstöße schallten so gewaltig durch den Saal, daß sich viele die Ohren zuhielten. Aber schließlich sah das ja niemand. Jantje Hoeks saß auf zwei dicken Büchern auf dem ohnehin schon hohen Stuhl und hämmerte munter drauflos. Piet spielte

Harmonika, als wenn er sein Brot damit verdienen müßte, und Ernst schlug so hartnäckig auf sein Tamburin, daß Cootje dazwischenrief: »Wie ein Sklaventreiber!«

Aber der Held des Orchesters war doch der kleine Rikkie, der auf seiner Mundharmonika wirklich Musik machte. Er spielte frisch, munter und dabei vollkommen rein und war endlich ganz allein auf der Bühne. Da saß er nun, die Beine übereinandergeschlagen, den Kopf ein wenig schräg, die blinden Augen auf den Saal gerichtet, dem Spiel völlig hingegeben, wie ein Vogel, der singt. Er spielte so schön, daß es ganz still im Saal wurde. Hinterher sagte Sankt Nikolaus liebevoll zu Rikkie: »Du hast deine Sache ausgezeichnet gemacht, Junge.«

»Ja, Herr . . .« antwortete Rikkie.

»Herr, Herr«, riefen die Kinder lachend. »Das war doch Sankt Nikolaus!«

»Das war Herr Lange«, verteidigte sich Rikkie, zugleich aber wurde er feuerrot.

»Unser Ansager wird Ihnen die folgende Programmnummer vorlesen«, übertönte die feste Stimme von Piet Ruigers den Lärm.

Gleich waren alle mäuschenstill, denn jeder wollte den Ansager hören, der so schrecklich komisch sprach; das durfte man sich nicht entgehen lassen.

»Sie 'ören nun Nümero ßex von ünsere Programm, wenn Sie wollen, meine Damen und 'erren: Än Bauerschen ging mal spasieren.« Es war der kleine Franzose, der das vorlas, wobei er mit den Händen über das Papier fuhr.

Und nun hämmerte Jantje Hoeks wieder auf dem Klavier herum. Aber er hatte kaum begonnen, da flogen die Bonbons nur so durch die Luft, und einen Augenblick später krabbelte die ganze Kinderschar schreiend auf dem Boden herum. Die Mitglieder des Orchesters blieben würdig auf dem Podium stehen – mit Ausnahme von Jantje Hoeks; der glitt wie ein Aal von seinem hohen Sessel herunter mit dem Erfolg, daß eins der großen Bücher mit lautem Gepolter auf den Boden fiel. Kees fühlte plötzlich, wie ihm jemand eine Handvoll Süßigkeiten in die Tasche steckte, und er erkannte Wiebes Stimme: »Da, nimm.«

Rikkie bekam Bonbons von Cootje, die ihm beide Taschen vollstopfte. »Aber komm morgen nicht mit Zahnweh, hörst du!« warnte sie ihn.

»Gut«, antwortete Rikkie verträumt. Der ganze Spektakel berührte ihn kaum.

Kees und Wiebe lagen abends im Bett noch eine ganze Weile wach und redeten miteinander. Wiebe hatte eine Schachtel mit Zuckerplätzchen von zu Hause bekommen und Kees einen Werkzeugkasten. Der Unterschied war sehr groß.

»Für mehr langt es zu Hause nicht, weißt du«, erklärte Wiebe.

Kees schwieg. Er wußte, daß es Vater und Mutter auch nicht leicht fiel, ihm ein so großes Geschenk zu schicken.* Übrigens hatte Gerd den Kasten gemacht, das wußte er. Und er erzählte es Wiebe.

»Gerd? Den würde ich gern mal kennenlernen«, sagte Wiebe.

»Das kannst du«, sagte Kees. »Zwischen Weihnachten und Ostern kommt er, das hat ihm seine Großmutter versprochen.«

»Das ist ein wirklicher Freund, glaube ich«, sagte Wiebe.

»Stimmt«, sagte Kees.

Und Kees schlief mit dem festen Vorsatz ein, von den Weihnachtsferien zu träumen. Er würde zu Hause vieles mit Gerd unternehmen.

---

* In Holland beschenkt man die Kinder zu Nikolaus wie bei uns zu Weihnachten.

In diesem Jahr gab es viel Schnee im Februar. Alles verschwand unter der dicken weißen Decke, die es Blinden noch schwerer macht, sich zurechtzufinden. Alle Geräusche waren nun anders, und viele gab es überhaupt nicht mehr.

»Ich wünschte, ich hätte wieder meine Sommersträucher«, sagte Wiebe, »am liebsten mit Tau oder Regen, dann kann man sie so schön hören.«

Auch das Gehen mit dem Stock war jetzt viel schwieriger. Wiebe durfte in der letzten Zeit einen benutzen. Jetzt hörte man nichts, wenn man mit dem Stock vor sich her tastete. Auch wußte man nicht mehr, ob man auf Asphalt, auf dem Straßenpflaster, auf Sand oder Gras ging.

Nein, Schnee war ekelhaft, wenn sich auch herrliche Schneebälle für Schneeballschlachten aus ihm machen ließen.

Adele war geradezu wütend auf den Schnee. »Jetzt muß ich die blöden, ollen Gummistiefel anziehen, und ich finde Gummistiefel so widerlich«, jammerte sie den ganzen Nachmittag.

»Dummes Zeug«, meinte Kees. »Du siehst doch nicht, was du anhast.«

»Deswegen kann ich es doch ekelhaft finden«, antwortete Adele beleidigt.

»Mädchen, das redest du mal wieder deinen Schwestern nach!« fiel ihr Cootje ins Wort. »Es wäre besser für dich, wenn du etwas seltener nach Hause führst. Da hetzen sie dich nur auf.«

»Aber ich *finde* Gummistiefel scheußlich«, wiederholte Adele.

»Na, vielleicht kann ich dir helfen«, sagte Cootje. »Weißt du schon, daß wir morgen geimpft werden?«

»Um Himmels willen, wogegen denn jetzt schon wieder?« Adele schüttelte sich.

»Gegen Diphterie«, sagte Cootje. »Aber ich kann den Doktor fragen, ob er dir 'ne doppelte Portion geben will. Dann darfst du im Bett bleiben, solange Schnee liegt.«

Adele kicherte. »Dumme Kuh«, sagte sie.

»Ich eine dumme Kuh?« entrüstete sich Cootje. »Ich bin die einzige hier im Haus, liebes Mädchen, die weiß, wie es in der Welt zugeht. Außer Frau Soer natürlich. Und vielleicht noch Frau van der Vliet; aber die ist noch sehr jung.«

»Und wie alt bist du, Cootje?« fragte Frau van der Vliet vom anderen Tischende her.

»Fast dreizehn. Aber wenn man blind ist, zählen die Jahre doppelt.«

»Das glaubst nur du!« rief Frau Soer lachend, während sie zum zweitenmal Reisbrei mit braunem Zucker austeilte. »Dann müßtet ihr alle aber sehr viel klüger sein!«

»Da spricht unsere Frau Soer aber ein wahres Wort aus«, sagte Cootje in feierlichem Ton. Mit einem treuherzigen Klang in der Stimme fügte sie schnell hinzu: »Das meine ich ganz im Ernst, Frau Soer.«

Nach dem Essen ging Kees zum Klavierunterricht. Die Blindenschrift beherrschte er nun so gut, daß er gleich nach Weihnachten mit den Notenzeichen hatte beginnen dürfen. Auch diese werden mit den gleichen sechs Pünktchen geschrieben, aber das war noch viel komplizierter. Manchmal drehte sich Kees alles im Kopf herum. Wiebe fand es nicht so schlimm. Ihm tat nur leid, daß er später kein Klavier besitzen würde. Aber: kommt Zeit, kommt Rat.

Der Musiklehrer war ein kleiner, breitschultriger Mann, der selbst auch blind war und der seinen Schülern das Klavierspielen mit unsäglicher Geduld beibrachte. Kees war in diesem Jahr mächtig gewachsen und überragte den Lehrer, den er sehr gern hatte, fast um Haupteslänge.

Heute nachmittag aber war Herr Klasen noch nicht da, als Kees zur Stunde kam. Kees setzte sich vor das Klavier und fing an zu üben. Er konnte noch fast nichts, aber es machte doch Spaß, und später wollte er Trompete spielen lernen, aber richtig, nicht so wie bisher, nur nach dem Gehör.

»Du bist nicht unmusikalisch«, hatte Herr Klasen neulich zu ihm gesagt, »du kannst später einmal viel
Freude an der Musik haben, genauso wie Wiebe.«
Nun war er immer noch nicht da und die halbe Stunde
schon beinah um. Kees wurde unruhig. Herr Klasen
kam immer aus dem Dorf, wo er mit seiner Frau wohnte. Er überquerte sogar die große Straße allein, weil er
sich nicht helfen lassen wollte.
Bei dem Schnee war es besonders gefährlich. Wenn
nur nichts passiert war! Kees stand auf und lief im
Zimmer auf und ab. Als er auf seiner Uhr fühlte, daß
die ganze Stunde um war, ging er hinaus. In die Schule
brauchte er noch nicht, also konnte er draußen wohl
einmal nachfragen. Wenn auf der großen Straße etwas
passiert war, würde er sicher jemandem begegnen, der
es ihm sagen konnte.
Voll banger Sorge ging er um das große Hauptgebäude
herum; das konnte er glücklicherweise noch sehen.
Aber der Schnee erschwerte auch ihm das Gehen sehr.
Er konnte nicht einmal die Kante des Gehsteigs finden, um sich danach zu richten.
»Hallo, wohin, Kees?« hörte er plötzlich hinter sich die
Stimme von Herrn Lange, dem Turnlehrer. »Du hast
doch nicht vergessen, daß der Unterricht gleich be-
ginnt?«
»Nein, ich habe nur nach etwas fragen wollen.«
»Was heißt, nach etwas fragen wollen?«
»Ich . . . ich . . . ich hatte Klavierstunde, aber Herr

94

Klasen ist nicht gekommen. Und ich habe Angst, daß er bei dem Schnee . . .«

Kees hörte, daß Herr Lange auf ihn zukam; jetzt faßte er ihn am Arm. »Damit hast du nicht so unrecht gehabt, Junge. Nicht daß etwas Schlimmes passiert wäre. Herr Klasen ist von einem Radfahrer angefahren worden, fast vor seiner Haustür. Offenbar hat er durch den Schnee nichts gehört, und der Bursche auf dem Rad hat schlecht aufgepaßt; jedenfalls hat er den Blindenstock nicht gesehen, den Herr Klasen beim Überqueren der Straße vor sich gehalten hat. Na ja, es ist noch mal gut abgegangen. Deine Stunde ist ausgefallen, und Herr Klasen hat nur ein paar blaue Flecken und eine leichte Knieverletzung.«

Gemeinsam gingen sie zum Turnsaal, der sich in einem Flügel des Hauptgebäudes befand. Herr Lange redete schnell und viel, aber er wußte genau, wie er die Kinder zu nehmen hatte. Seine Stunden waren abwechslungsreich, härteten die Kinder aber gleichzeitig ab; genau das, was sie brauchten. Kees freute sich auf jede Turnstunde, denn er war besonders gut, und dadurch wurde sein Selbstbewußtsein gestärkt. Schlimm war, daß in der letzten Zeit sein Sehvermögen abnahm.

»Was machen wir heute nachmittag, Herr Lange?« fragte er neugierig.

»Das wirst du schon merken«, sagte der Turnlehrer.

»Ich möchte es so gern wissen.«

»Du wirst noch oft genug deine Ungeduld bezähmen

müssen, Junge.« Herr Lange sah ihn lächelnd an. »Wer zu heiß ißt, verbrennt sich den Mund. Kennst du das Sprichwort?«

»Nein.«

»Ich auch nicht. Aber wenn es das Sprichwort gäbe, würde es sehr gut für dich passen.«

Kees mußte lachen. »Ich wünschte, ich könnte mir auch Sprichwörter ausdenken«, sagte er. »In der Klasse könnte man sie oft gut gebrauchen, aber es fällt mir nie eins ein. Cootje weiß immer gleich ein Dutzend.«

»Ja, Cootje«, sagte der Lehrer, »die steckt die ganze Welt in die Tasche.«

»Aber das dürfen Sie ihr nicht sagen«, warnte Kees, »denn sie ist schon eingebildet genug.«

Lachend gingen beide in das Gebäude. Kees lief zu den anderen in den Umkleideraum, Herr Lange in den Turnsaal.

In ihren kurzen schwarzen Turnhosen kamen alle sechs Jungen wenig später herein.

»Seile spannen, Jungens!« rief Herr Lange. Er selbst half flink mit. Über die ganze Länge des großen Turnsaals wurden parallel zueinander fünf Seile gespannt. Herr Lange teilte sie schnell ein: »Du hierhin, du da und du dort. Los! Wir rennen erst ein paar Runden, und die Knie hoch: Los!«

Die Jungen zogen ihre Bahnen, hüpften, sprangen, bis ihnen heiß wurde. Kees und ein anderer Junge aus dem

»Rotschwänzchen«, der eben erst in ihre Klasse ge-
kommen war und wie Kees noch etwas sehen konnte,
liefen an den Außenseiten, die anderen zwischen zwei
Seilen, nach denen sie sich notfalls richten konnten.
Aber die meisten berührten die Seile kaum mit der
Hand.

»Die Seile weg!« kommandierte Herr Lange. Es folgten Freiübungen. Kees hörte Wiebe neben sich keu-
chen; ihm selbst machte es Spaß. Das war etwas anderes als die Übungen, die er von der normalen Schule
her kannte, und sie erforderten auch mehr Mut. Natürlich, wenn man nichts sah . . . Und darauf kam es
Herrn Lange auch an. Man mußte kein Trottel sein,
weil man blind war. Im Gegenteil. Manchmal brauchte
man schon zu den einfachsten Dingen Mut. Herr
Lange wollte ihnen beibringen, ihrem Körper zu ver-
trauen. Und einen Schubs hier und da mußte man ver-
tragen können.

»He, Kees, aufpassen!« rief Herr Lange. »Diese
Übung wird abwechselnd mit dem linken und dem
rechten Fuß ausgeführt. Also, ihr laßt euch wie ein
Brett nach vorn fallen und macht erst im letzten Augenblick – im allerletzten Augenblick, denkt daran! –
einen Ausfall und fangt euer Gewicht mit dem Fuß ab.
Also: Achtung, los!«

Kees ließ sich in seinem Übermut zu weit nach vorn
fallen, und so hatte er nicht nur den Fuß, sondern auch
die Hände nötig, um sich abzufangen.

»Gut so, Wiebe, ausgezeichnet!« hörte er Herrn Lange neben sich sagen.

Trotzdem wußte Kees genau, daß Wiebe nicht wagte, sich so weit nach vorn fallen zu lassen wie er. Er wurde einen Augenblick böse. Sie wiederholten die Übung vier-, fünf-, sechs-, zehnmal. Kees holte das letzte aus sich heraus. Es ging gut. Wenn der Lehrer doch auch mal zu ihm hinschaute . . .

»Alle ausgezeichnet!« rief Herr Lange. »Nächste Übung!«

Als sie später vor der Sprossenwand standen, um sich zu verschnaufen, hörte Kees Herrn Langes Stimme neben sich: »Gut gemacht, Junge«, und gleichzeitig fühlte er einen kleinen Schubs gegen seinen Ellbogen. So, nun wußte er genau, daß *er* gemeint war. Prima Kerl, dieser Herr Lange. Und nun fand er es lächerlich, daß er einen Augenblick auf Wiebe eifersüchtig gewesen war. Wiebe machte wirklich alles gut, und bestimmt kostete es ihn mehr Mühe. Das wußte Herr Lange auch genau.

»Den Bock vor die Sprossenwand, mit ein paar Metern Abstand! Zwei Bänke holen!« kommandierte jetzt Herr Lange. »Die eine Bank vom Boden schräg auf den Bock, die andere vom Bock zur Sprossenwand, ja so, gut. Setzt sie auf die sechste – oder nein, auf die siebente Sprosse. Ja, so. Und nun zwei und zwei hinauf, Jan auf dem Rücken von Hermann, Wiebe bei Kees und Piet bei Joost!«

Wie drei Reiter auf ihren Pferden standen sie bereit; Wiebe drückte Kees die Knie gegen die Rippen: »Also los!«

»Gut festhalten, Jungens, ruhig sitzen! Und nun hinauf, ganz ruhig, Schritt für Schritt. Es ist nicht so schwer. Kees, du fängst an!«

Kees stieg auf die Bank und begann langsam hinaufzugehen. Wiebe saß fest auf seinem Rücken. Ganz schön schwer war der. Sehen konnte er die Bank nicht; vor ein paar Monaten war das noch anders gewesen. Er senkte den Kopf, aber es half nichts. Noch schräger, es änderte sich nichts.

»Kopf hoch, Kees!« rief Herr Lange.

Ja, Kopf hoch, das war leicht gesagt. Aber die anderen konnten es offenbar auch; die anderen, die doch völlig blind waren. Dicht hinter ihm kam Joost, der Piet auf dem Rücken hatte. Er hörte, wie Joost leise lachte, aus Nervosität, das war klar. Aber Joost stieg doch hinauf und sogar ziemlich schnell, das merkte Kees.

Er biß die Zähne aufeinander. Er wollte schneller sein als die anderen. Verflixt, wie steil die Bank war! So, nun der Bock, er fühlte ihn mit dem Fuß. Nun mußte er auf die zweite Bank steigen.

»Einmal umsteigen!« rief er laut, um zu zeigen, daß er nicht die mindeste Angst hatte. Sie durften nicht merken, daß er zögerte.

»Ich bin pleite, Schaffner«, hörte er Wiebe über sich sagen, »hoffen Sie also nicht auf ein Trinkgeld.«

Die Jungen lachten, lauter noch als über Kees' Scherz. »Weiter, weiter, Kees!« hörte er Herrn Langes Stimme unter sich. Und Kees ging weiter, mit festem Schritt. Er ging genauso wie zu der Zeit, als er noch ziemlich viel sehen konnte, aber er mußte sich so anstrengen, daß ihm der Schweiß über die Stirn rann, als er bei der Sprossenwand angekommen war und hinunterkletterte.

»Gut«, sagte Herr Lange nur. Kees hatte das Gefühl, daß er mehr gesagt hätte, wenn die anderen nicht dabeigewesen wären.

»Jetzt Kees auf den Rücken von Wiebe, Joost bei Piet und so weiter. Eins, zwei drei! Und wieder unten beginnen!«

Wiebe stieg auf die Bank. Kees fühlte, wie fest und sicher – wenn auch langsam – Wiebe ging. Da gab es nicht das geringste Zögern, auch nicht beim Übersteigen. Mit ruhigem Schritt ging Wiebe vom Anfang bis zum Ende. An der Sprossenwand setzte er Kees ab, als ob er nur eine Last abstellte, um die nächste zu holen.

»Ausgezeichnet, Wiebe«, sagte Herr Lange wieder. »Jungens, ich wünschte, ihr hättet Wiebes Füße sehen können. Er gebrauchte seine Zehen wie eine Schnecke ihre Fühler und wie ein Affe seine Greifzehen gleichzeitig. So müßt ihr alle eure Füße gebrauchen lernen. Aber die meisten machen es schon recht gut. Ich bin sehr zufrieden mit euch. Und nun aufgeräumt, beeilt euch!«

Kees blieb einen Augenblick stehen. Er ärgerte sich. Er wußte genau, was Herr Lange meinte. Er gebrauchte seine Füße noch nicht so, wie ein Blinder seine Füße gebrauchen sollte. Aber verdammt noch mal, er *war* doch nicht blind. Er sah noch so vieles. Er würde es ihnen schon noch zeigen!

Die Jungen schoben den schweren Bock fort. »Los, seid nicht so langweilig!« rief Kees laut, stemmte die Schulter gegen den Bock und schob ihn mit aller Kraft unter das Fenster, wo er hingehörte. Das Fenster konnte er sehen; es war die helle Stelle in der Wand. »Vorwärts, dahin!« schrie er, und im selben Augenblick schrie Wiebe auf.

Die Jungen blieben stehen. Wiebe hielt sich am Bock fest und griff mit der anderen Hand nach seinem Fuß. »Könnt ihr nicht noch wilder schieben?« rief er böse. »Das ging genau über meinen Fuß.«

Die Jungen grinsten verlegen; sie wußten genau, wie weh das tat.

Kees sagte nichts. Natürlich tat es ihm leid, aber er konnte das jetzt nicht sagen. Vielleicht nachher. Natürlich tat das gemein weh. Wiebe war alles andere als wehleidig, aber schließlich . . .

»Deine Wunderzehen können doch wohl einen Schubs aushalten«, brummte Kees. Doch er erschrak selbst über den spöttischen Ton. Was bin ich nur für ein komischer Kauz geworden, dachte er. Was ist bloß los mit mir?

»Wiebe, geh zur Seite. Los, Jungens, beeilt euch. Aber gebraucht euren Verstand dabei.« Es war Herrn Langes Stimme.

Kees wurde feuerrot. Das war nun der dritte Seitenhieb für ihn. Daß er nicht besonders freundlich gewesen war, wußte er auch selbst. Es war doch ganz überflüssig, daß ihm Herr Lange das auch noch unter die Nase rieb . . .

Wütend trat er mit dem Fuß gegen die Matten in der Ecke. Betont gleichgültig half er mit aufräumen.

»Kees, kannst du mir noch einen Augenblick helfen?« fragte Herr Lange nach der Stunde. Die anderen verließen schon die Turnhalle, um sich umzuziehen.

Kees blieb stehen.

Herr Lange kam auf ihn zu. »Ich möchte, daß die Matten ordentlich aufeinander liegen. Das werden wir zusammen gleich haben.«

Kees schlenderte in die Ecke, bückte sich und tastete, bis er die Schlinge fühlte.

»Sag mal, Kees«, hörte er Herrn Lange sagen, »ich habe den Eindruck, daß du in der letzten Zeit schlechter siehst. Stimmt das?«

Kees nickte widerwillig. Er fingerte an der schweren Matte herum.

»Das ist schlimm für dich, Junge«, fuhr Herr Lange fort, »aber es wird dadurch noch schlimmer, daß du es verbergen willst. Man wird dich lieber haben, wenn du dich so gibst, wie du bist, und nicht etwas vortäuschen

102

willst, glaub mir das. Mach dich nicht größer, als du bist. Das tut doch dein Freund Wiebe auch nicht!«

»Wiebe!« platzte Kees heraus. »Wiebe, immer Wiebe. Ich weiß ja, der macht alles gut, und ich bin blöd, aber . . .«

»Du bist alles andere als blöd«, sagte Herr Lange scharf. »Und das weißt du auch sehr gut. Du hast dich immer noch nicht damit abgefunden, daß du nicht mehr so ein As bist wie früher. Aber du wirst dich damit abfinden müssen! Und was Wiebe angeht, weiß ich, daß du ihn viel zu gern hast, um wirklich eifersüchtig auf ihn zu sein. Aber manchmal sieht es doch so aus! Nimm dich zusammen, Junge, und arbeite an dir selbst!«

Arbeite an dir selbst, mach's besser! Das gleiche hatte ihm Herr van der Veer neulich auch gesagt. Als ob das so einfach wäre. Die hatten alle gut reden, sie waren nicht blind – und die wollten einen erziehen?!

»Ich meine es gut mit dir, Kees«, sagte der Lehrer.

»Das weiß ich«, brummte Kees. Er wußte es wirklich. Und er wußte auch, daß sie alle recht hatten. Er benahm sich kindisch.

»Verdammt«, sagte er plötzlich.

Er ließ die Matte fallen und rannte davon, raus aus der Turnhalle.

Hastig zog sich Kees um. Der Umkleideraum war erfüllt vom Lärm der anderen Jungen. Wenn er sich beeilte, konnte er noch fünf Minuten draußen durch den

Schnee laufen, bevor die Biologiestunde begann. Niemand hatte ihn bemerkt.

Draußen lief er herum, allein und verdrossen. Noch immer kämpfte er gegen die blöden Tränen. Einfach lächerlich! Erst als er seinen Namen zum drittenmal rufen hörte, antwortete er endlich. Es war Wiebe, der ihn rief.

»Kees! Kees! Du sollst zu Herrn van der Veer kommen.«

»Ja, ja«, sagte Kees mürrisch und ging los, die kalten Hände tief in den Taschen. Was Herr van der Veer wohl jetzt wieder von ihm wollte?

»So, Junge, nimm Platz!« sagte der freundlich, als Kees vor ihm stand. »Ja, diesen Stuhl, da sitzt du fein in der Sonne.«

Kees setzte sich hin und schwieg.

»Am besten sage ich dir sofort, warum ich dich rufen ließ. Du bist sicher sehr gespannt«, fuhr Herr van der Veer fort. »Also: Bei der letzten Untersuchung hat der Augenarzt festgestellt, daß du weniger siehst als bei deinem Eintritt hier. Uns ist das nicht so aufgefallen, weil du dich inzwischen gut eingelebt hast und geschickt geworden bist. Nun hat sich unser Augenarzt mit einem Professor in Amsterdam in Verbindung gesetzt, und der will dich in den nächsten Tagen sehen.«

Kees' Herz begann zu hämmern. Mit beiden Händen umklammerte er die Stuhllehne.

»Du sollst also zu einer Untersuchung nach Amsterdam in die Augenklinik kommen. Deine Eltern sind davon schon unterrichtet, und heute früh bekam ich einen Brief von ihnen, in dem sie mich bitten, es auch dir zu sagen.«

Herr van der Veer schwieg und sah Kees gespannt an. Es war nicht immer leicht zu erraten, was in dem Kopf so eines Jungen vorging. Da saß Kees nun mit fest aufeinandergepreßten Lippen und rotem Kopf. Er sagte nichts. Was sollte er auch sagen? Die Hoffnung und Unsicherheit mußten ihn ja überwältigen.

»Kees«, sagte Herr van der Veer leise. »Es ist wichtig, daß du noch einmal untersucht wirst. Es soll nichts unversucht bleiben. Nur, du darfst dir nichts vormachen.«

»Nein, Herr van der Veer.« Kees' Stimme klang etwas piepsig. Dann sprang er plötzlich auf: »Darf ich das jetzt Wiebe erzählen?«

»Na los«, sagte Herr van der Veer lachend. »Aber paß auf, daß du nicht hinfällst!«

Kees fiel zwar nicht hin, doch stieß er sich derartig an einer offenen Tür, daß er abends im Bett nur auf der rechten Seite liegen konnte, so eine Beule hatte er. Aber er lachte nur darüber und flüsterte Wiebe zu: »Cootje sagt: ein Beefsteak drauf! Nur, *die* Beule kriegt man mit allen Beefsteaks der Welt doch nicht weg. Aber das ist mir gleich. Wenn ich erst wieder sehen kann, will ich jeden Tag gegen 'ne Tür rennen. Die untersuchen mich ja nicht ohne Grund. Die werden

bestimmt etwas unternehmen. Mein Vater hat irgend-
was von einer Hornhauttransplantation gelesen. Ob
das möglich wäre bei mir?«
Wiebe blieb ziemlich wortkarg, und auch Kees ver-
stummte auf einmal beschämt. Verdammt, was war er
doch für ein Idiot! Wiebe würde niemals etwas sehen
können, auch nicht den kleinsten Lichtstrahl! Mit
Wiebe durfte er nicht mehr darüber reden, aber Gerd
konnte er es schreiben. Und Gerd war sicher auch der
einzige, der es ganz und gar begreifen konnte.
»Gute Nacht«, flüsterte er Wiebe zu.
»Schlaf gut«, antwortete Wiebe und gähnte.

7

Ja, nun war er also zum soundsovielten Male beim Augenarzt gewesen und beim Professor in der Klinik, wo sie ihn zu dritt untersucht hatten, denn es war auch noch ein französischer Professor dazugekommen. Wie viele Wochen war das nun schon wieder her? Mehr als vier, und noch immer hatte er nichts gehört! Es war, als hätte man ihn vergessen und als ob keiner daran dächte, daß er immer mehr unter seinen schlechter werdenden Augen litt. Vor ein paar Tagen war er mit voller Wucht gegen die Leiter des Fensterputzers gelaufen. Früher hatte er so etwas doch noch wie einen Schatten auf sich zukommen sehen, aber jetzt . . . Wiebe passierte so etwas nicht, obwohl er doch nicht das mindeste sah. Er *hörte* einfach alles.

Wütend stieß Kees den Spaten in den Boden. Der Gärtner hatte ihm erlaubt, ein bißchen zu graben. Kees hatte ihn gefragt, ob er ihm helfen dürfe. Wenn er damit fertig war, sollte hier neues Gras gesät werden, denn das alte war vollständig niedergetreten. Kein Wunder bei dieser Schar blinder Hühner! Kees lachte bitter.

Aber je länger er arbeitete, desto schöner fand er es. Komisch, seiner Mutter hatte er zu Hause nie in ihrem

Gärtchen geholfen, aber hier hatte er Spaß an Garten-
arbeiten bekommen. Vielleicht konnte er später Gärtner werden oder Bauer – wer weiß? Aber konnte man
als Blinder Gärtner werden? Sicher nicht, sicher auch
das nicht.

Telefonist, ja, das konnte man auch als Blinder werden
oder Stenotypist. Und wenn man einen Kiosk bekam
und Zigarren und Zigaretten verkaufen durfte, mußte
man zufrieden sein. Einer hatte eine kaufmännische
Ausbildung gemacht und weiß der Teufel was noch alles. Kees mußte auf einmal laut lachen. Einen Augenblick lang stützte er sich auf seinen Spaten, ließ das Gesicht von der warmen Sonne bescheinen und dachte an
Moosje.

Moosje war ziemlich neu, ein Junge, den man in der
»Blaumeise« untergebracht hatte. Er hieß eigentlich
Ebrahim, aber das fanden alle so umständlich, daß sie
ihn einfach Moosje getauft hatten. Moosje war geschickt und flink und drollig, jeder hatte ihn gern, denn
bei Moosje gab es immer was zu lachen, er war nie hin-
terhältig. Er kam aus Amsterdam. Dort hatte sein Vater eine kleine Heringskarre. Das erzählte Moosje jedem, der es hören wollte, auch Adele, die darüber die
Nase rümpfte. Moosje hätte später gar zu gern einen
eigenen Laden gehabt. Im praktischen Unterricht war
ihm nichts so lieb, als wenn sie »einkaufen« und »verkaufen« lernten. Viel schneller als alle anderen hatte
er einen langen Zettel mit »Einkäufen« verarbeitet.

»Alles richtig abgewogen, Ebrahim?«

»Ja, Herr van der Sloot.«

»Und ausgerechnet, was es kostet?«

»Ja, natürlich.«

»Laß mal sehen!« Aber der Lehrer konnte ruhig alles nachwiegen und nachrechnen, bei Moosje fand er fast nie einen Fehler. Ja, Moosje mußte Verkäufer werden – oder einen eigenen Laden haben. Aber ob ihm das gelingen würde?

Als sie einmal darüber sprachen, hatten sie gehört, wie Moosje in die Hände spuckte und sie dann an seiner Manchesterhose rieb. »Wenn ich Verkäufer werden oder einen eigenen Laden haben will, muß ich mich genauso abrackern wie ein entfernter Onkel von mir, der Minister geworden ist oder noch mehr! Stimmt's?« Das war es, was Kees eben eingefallen war, und er lachte wieder. Aber es war kein frohes Lachen, denn Moosje hatte bestimmt recht. Als Blinder mußte man sich noch mehr abrackern . . .

Wenn man nur bedachte, was es ihn, Kees, Mühe gekostet hatte, die Blindenschrift zu lernen. Und nun mußte er noch lernen, mit der Blindenschreibmaschine umzugehen, und er mußte noch Stenografie lernen und die komplizierte Notenschrift . . . Und wenn man daran dachte, daß es den Sehenden nur so in den Schoß fiel! Ein Sehender konnte mit zwei Händen Klavier spielen und brauchte dabei nur auf das Notenblatt zu schauen. Aber ein Blinder? Die Fummelei mit den

Fingern der rechten Hand, um die Noten zu lesen, wenn man mit der linken spielen wollte; und dasselbe mit der linken Hand, wenn man mit der rechten spielen wollte. Und wollte man mit beiden Händen zugleich spielen, dann mußte man alles auswendig können. Ja, auswendig können! Und mit der Trompete ging das gar nicht anders, denn da brauchte man beim Spielen beide Hände.

Allerdings konnte er in der letzten Zeit immer besser nach dem Gehör spielen, wenn das der Lehrer auch nicht gut fand. Aber Gerd spielte auch immer nach dem Gehör, und der konnte doch sehen! So dumm war das also nicht.

Schön, daß Gerd ihn nun bald besuchen würde. Noch eine Woche, dann kam er. Für einen ganzen Sonntag. Vielleicht schon am Samstagnachmittag, denn Frau Soer hatte gesagt, daß er bei ihnen über Nacht bleiben könnte, wenn Platz wäre. Hurra, hurra! Es war gar nicht auszudenken! Toll von Frau Soer, daß sie das erlaubte. Auf einmal ging das Umgraben wieder viel schneller. Er hörte Wiebe pfeifen und drehte sich um.

»Ja, was ist?«

»Kommst du zum Teetrinken?«

»Ist es denn schon vier Uhr? Warte, ich komm mit.«

Miteinander gingen sie einen Augenblick später zum Haus.

»Du hast doch heute früh einen Brief bekommen«, sagte Wiebe. »Stand da was Neues drin?«

»Nichts«, sagte Kees abwehrend. Es war ein Brief von seiner Mutter, die über dies und das geschrieben hatte, doch nichts von dem, worauf er so sehr wartete: die Klinik, eine neue Hornhaut . . .

»All diese Untersuchungen, das ist nur Geldschinderei«, fügte er grob hinzu. »Sie halten mich nur hin.«

»Ach, du bist ja verrückt«, rief Wiebe.

»Woll'n wir wetten?« sagte Kees böse.

»Du bist wirklich verrückt«, wiederholte Wiebe noch einmal.

Jetzt kam Cootje angelaufen. Mit ihren scharfen Ohren hatte sie natürlich das halbe Gespräch gehört.

»Wieso ist er verrückt?« fragte sie. »Warum das denn schon wieder?«

»Er hat noch nichts von der Klinik gehört, ob sie ihn operieren wollen oder nicht. Und nun behauptet er, daß sie ihn nur hinhalten.«

»Ja, das tun sie auch«, fuhr Kees nun wütend dazwischen. »Alles dummes Gerede. Und kosten tut es auch zuviel.«

»Jetzt hör aber auf!« rief Cootje. »Bestimmt kommt der Staat dafür auf.«

»Der Staat! Der Staat!« sagte Kees zornig. »Weißt du denn, wovon du redest?«

»Auf alle Fälle weiß ich mehr als du«, erwiderte Cootje schnippisch. »Wenn der Staat nicht dafür aufkäme, wäre manch einer von uns hier nicht auf der Schule!«

111

»Und dann hätte ich keine neue Wolljacke bekommen«, fügte Wiebe ruhig hinzu, »und Joost keine Glasaugen.«

»Na also«, triumphierte Cootje.

»Hm«, brummte Kees nur, »ich will vom Staat nichts haben.«

»Ach so, der Herr ist zu fein dafür, vom Staat etwas anzunehmen?« sagte Cootje spitz. »Mach dir mal keine Sorgen, sicher wird auch nichts draus. Sie haben das Zeug vielleicht gar nicht.«

»Was für ein Zeug?«

»Na, die Cornea natürlich, die haben sie nicht immer da! Und operieren tun sie auch nicht immer.«

»Was weißt *du* denn davon?« fuhr Wiebe sie an, der nun auch ärgerlich wurde.

»Ach«, sagte Cootje, »der eine hört was, und der andere hört nichts. Ich tu mich so hier und dort um, auch in Wartezimmern. Ich bin doch nicht so dumm, mir Dinge entgehen zu lassen, die mich interessieren! Ich bin wohl blind, aber darum noch nicht taub!«

»Was hast du denn gehört? Über . . .?« fragte Kees barsch.

Er fand es gräßlich, darüber zu reden, konnte es aber doch nicht lassen. Vielleicht wußte Cootje wirklich etwas.

»Cornea-Transplantationen«, begann Cootje und sprach das fremde Wort aus, als ob es etwas wäre, was man langsam genießen mußte. »Cornea ist unsere

112

Hornhaut. Bei mir ist sie wunderbar, bei dir taugt sie nichts.«

»*Das* weiß ich auch«, sagte Kees grob.

»Willst du es nun hören oder nicht?« fragte Cootje. Sie standen auf der Treppe vor dem Haus. In diesem Augenblick kam Frau Soer heraus, um zu sehen, wo sie blieben.

»Nun kommt schon, wir warten alle nur auf euch.«

»Heute muß ich doch keinen Lebertran nehmen, Frau Soer? Ich war eine ganze Stunde in der Sonne«, sagte Cootje.

»Das könnte dir so passen!« rief Frau Soer lachend.

Sie gingen ins Haus und schoben sich im Wohnzimmer am Tisch entlang, an dem alle Kinder schon saßen.

»Manchmal gelingt es doch ganz gut«, flüsterte Cootje Kees noch rasch über den Tisch zu, bevor sie sich hinsetzte.

Das Warten war für Kees beinah unerträglich geworden. Wenn Cootje nun recht hatte? Sein Vater hatte doch auch darüber gelesen, aber der rührte sich nicht. Und warum? Wollten sie ihm keine falschen Hoffnungen machen? Nun, *er* wußte nicht, was *noch* schlimmer war, ein bißchen Hoffnung haben oder dieses Schweigen. Kein Wunder, daß er unausstehlich und ungeduldig wurde. Die Kleineren wagten in der letzten Zeit kaum, ihn um etwas zu bitten; früher hatte er doch oft mit ihnen herumgetobt und alles mögliche gewagt, was die anderen nicht wagten. Jetzt kamen sie immer häufiger zu Wiebe wie früher, als Kees noch nicht da war. Kees merkte es, und es wurmte ihn, aber er konnte nichts dran ändern. Manchmal wurde er sogar richtig böse auf Wiebe, weil der so ruhig und besonnen blieb.

Kees hatte sich gewaltig auf Gerds Besuch gefreut. Und nun war es wirklich soweit. Voller Ungeduld wartete er an der Haltestelle. Wiebe war im Heim geblieben. Ihm war klar, daß Kees Gerd erstmal ganz für sich allein haben mußte. Lachend hatte er gesagt: »Du wirst schon sehen, nachher habt ihr sowieso alle Kinder um euch herum.« Kees hatte verlegen gegrinst.
Jetzt kam ein Autobus. Kees hörte gespannt auf das Geräusch. Doch der Autobus fuhr vorbei. Wetten, der nächste ist es! Wieder ein Bus. Nein, auch der fuhr weiter. Drei fahren vorbei, überlegte Kees, aber der vierte hält, wetten? Als der dritte hielt, war Kees fast überrascht. Er machte einen Schritt vorwärts. Die kleinen Steinchen am Rand der Asphaltstraße durfte er nicht überschreiten. Er wartete. Mehrere Leute stiegen aus, etwa sieben oder acht.
»Hallo, Kees!« hörte er auf einmal Gerds Stimme. Sicher stand er noch auf dem Trittbrett, denn die Stimme kam von oben, und die Tür hatte sich noch nicht wieder geschlossen.
»Hallo, Gerd!« rief Kees, wenn auch ziemlich leise. Er war verlegen.
Gerd kam auf ihn zu, gab ihm die Hand.

»Schön hier«, sagte er. »Ganz anders als bei uns. Trokkener.«

»Ja«, sagte Kees.

»Die Oma hat mir 'ne ganze Menge Butterbrote mitgegeben«, fuhr Gerd fort. »Sie sagte, du könntest ja davon mitessen, aber ich glaube, es reicht für eure ganze Schule.«

»Was ist drauf?« erkundigte sich Kees.

»Sülze, Käse, Speck und Sirup«, antwortete Gerd.

»Toll«, sagte Kees. Er war richtig überrascht, daß Gerds bissige Oma sich so viel Mühe gemacht hatte.

»Hilfst du mir über die Straße zu gehen?« fragte er Gerd beinah schüchtern. »Wir müssen da drüben hin.« Und er zeigte in die Richtung, wo das Heim lag.

»Schöne Gebäude«, sagte Gerd, »und so groß.«

»Ja, groß, nicht?« sagte Kees zaghaft. Komisch, jetzt, wo die Spannung vorbei und Gerd hier war, fühlte er sich plötzlich sehr müde. Es war, als wüßte er nicht einmal, was er mit ihm reden sollte. Und er hatte Gerd doch so viel zu erzählen!

»Jetzt komm«, sagte Gerd und schob seinen Arm unter den von Kees, und so gingen sie auf den Eingang des Anstaltsgeländes zu. Als der Kies unter seinen Schuhen knirschte, wußte Kees, daß sie angekommen waren. Ohne zu reden, gingen sie nebeneinanderher, nicht mehr eingehängt, doch so, daß Kees mit seinem Ellbogen Gerds Arm berührte; so ging's am allerbesten. Kees fühlte sich gar nicht wohl in seiner Haut.

»Schau«, sagte er nach einer Weile, »da siehst du unsere Schule und den Festsaal, und die Gebäude dahinter, das sind die Häuser, in denen wir wohnen.« Er wies mit einer unsicheren Bewegung auf Dinge, die er ja selbst nicht sehen konnte. Er erinnerte sich aber noch, als ob es gestern gewesen wäre, wie er zum erstenmal mit seinen Eltern hierher gekommen war und wieviel er damals noch von den Gebäuden hatte sehen können. Wütend stieß er einen Kieselstein vor sich her, bis er gegen die Kante des Gehwegs prallte. Er merkte nicht, daß Gerd ihn beobachtete.

»Wo ist Wiebe?« fragte Gerd, um etwas zu sagen.

»Ach, irgendwo«, sagte Kees gleichgültig.

Plötzlich begann ein Vogel ganz in ihrer Nähe so hell zu singen, daß Gerd überrascht stehenblieb.

»Eine Amsel«, sagte er erstaunt. »Wie ist das möglich? Die Amseln singen doch jetzt noch nicht.«

»Das haben wir ihnen beigebracht.« Kees versuchte ernst zu bleiben. Dann rief er laut: »Rikkie, wo bist du?«

»Hier!« antwortete ein hohes Stimmchen, und gleich darauf hörte man wieder die Amsel.

»Hast du's kapiert?« fragte Kees nun laut lachend. Dieser Rikkie, das war schon ein witziger Kerl. Den mußte man gehört haben! Und Rikkie pfiff munter weiter. Auch Gerd mußte nun lachen; unterdessen hatte er Rikkie entdeckt. Er saß oben auf dem Dach eines kleinen Schuppens. Über eine große Tonne, die daneben stand, war er aufs Dach geklettert, hockte ganz allein da oben mit übereinandergeschlagenen Beinen und spielte »Frühling«. Seine blicklosen Augen waren auf den Wald gerichtet.

»Gefällt es euch?« rief er ihnen zu.

»Komm mal her, Rikkie«, sagte Kees. »Hier ist ein Freund von mir.«

»Kann er sehen?« erkundigte sich Rikkie.

»Ja!«

»Gut.« Und Rikkie glitt wie ein Aal vom Dach. Seine kurzen Beinchen reichten genau bis auf die Tonne, und von dort sprang er.

»Für so ein winziges Kerlchen bist du aber verdammt geschickt«, lobte Gerd ihn.

Rikkie wurde rot. »Naja«, sagte er mit geheuchelter Bescheidenheit. Er hatte das Kunststück nämlich nur deshalb ausgeführt, damit es jemand sah, der sehen konnte. »Das mache ich oft«, log er munter, während er seine Hand auf das mächtig klopfende Herz legte. »Das mache ich am Tag oft zehnmal, und ich kann auch von noch höher herunterspringen.«

Kees hörte sich lachend an, wie Rikkie angab, aber er sagte nichts. Er gönnte Rikkie seinen Erfolg.

»Darf ich mit?« bettelte Rikkie, als sie alle drei vor dem »Dompfaff« ankamen.

»Na ja, komm!« sagte Kees großmütig.

Im Haus war Gerd im Nu von Kindern umringt, doch schien er sich dabei wohl zu fühlen. Frau Soer teilte

Bonbons aus, und Cootje erkundigte sich genau nach Gerds Reise. Sie wollte wissen, wie viele Male er hatte umsteigen müssen. Sie selbst war versessen aufs Umsteigen. Wenn sie zu den Eltern nach Roermond fuhr, suchte man ihr eine Verbindung aus, wo sie möglichst oft umsteigen mußte. Lachten die andern sie deshalb aus, sagte Cootje nur: »Jedem Tierchen sein Pläsierchen! Wenigstens erlebt man dann was.«

Gerd hatte nur ein einziges Mal umsteigen müssen. »Das ist langweilig«, fand Cootje, und sie schlenderte zum Klavier, um ein bißchen zu klimpern.

Wiebe war nicht da. Jetzt war Kees doch enttäuscht. »Habt ihr eine Ahnung, wo Wiebe steckt?« fragte er ungeduldig, weil er Gerd nun doch gern Wiebe gezeigt hätte.

»Wiebe kommt gleich«, sagte jemand. »Er mußte für Herrn van der Veer noch etwas erledigen.«

Endlich kam Wiebe. Er und Gerd verstanden sich vom ersten Augenblick an ausgezeichnet. Und sie hatten sofort einen Gesprächsstoff: nämlich Pietje Pals' Roller, den Wiebe auf eine bestimmte Weise reparieren wollte, Gerd aber auf eine andere, praktischere, wie er meinte.

»Wenn du hier einen Stift durchschlägst oder auch einen krummen Nagel nimmst«, sagte Gerd, ergriff Wiebes Hand und legte sie genau an die Stelle, von der er redete.

»Ja, aber . . .« wandte Wiebe ein.

Kees schaute ihnen zu. Ihm war der Roller von Pietje völlig egal, aber er war stolz auf Gerd. So wie Gerd Wiebe verständlich machen konnte, was er meinte – wo der eine doch blind war und der andere sah –, das war großartig. Das sollte mal ein anderer fertigbringen, dachte er.

»Und wenn du dann hierfür eine Flügelschraube nimmst, dann hält es ewig, bestimmt«, sagte Gerd abschließend.

»Aber ich dachte, wenn man mit einer gewöhnlichen Schraube . . .« begann Wiebe aufs neue.

»Kommt nicht in Frage, du mußt die Flügelschraube nehmen!« unterbrach Kees ihn. Er hatte endlich genug davon. Wenn sie noch länger über diesen Roller quatschten, hatte er heute nachmittag gar nichts mehr von Gerd.

»Komm, jetzt will ich dir den Wald zeigen«, sagte er.

»Gehst du mit?« wandte sich Gerd an Wiebe.

Gespannt stand Kees da. Er fand sich selbst ziemlich egoistisch, daß er Gerd so ganz und gar für sich allein behalten wollte. Er hörte, wie Wiebe aufstand, seine Hose abklopfte und ruhig sagte: »Gut, ich komm mit.«

So gingen sie zu dritt. Kees war ziemlich still, Wiebe und Gerd unterhielten sich ruhig. Manchmal lachten sie. Kees konnte nicht lachen. Allmählich hatte sich Enttäuschung in ihm breitgemacht. Mit Gerd *hier,* das war eben etwas anderes als mit Gerd zu Hause. Hier

119

hatten Gerd und Wiebe sich gefunden. Er, Kees, war eigentlich überflüssig. Die beiden unterhielten sich ausgezeichnet. Als ob er Luft wäre! Schließlich war Gerd doch *sein* Freund, der zu *ihm* gekommen war. Und wie hatte er sich darauf gefreut! Einfach gemein! Man sollte sich auf nichts freuen. Auch nicht auf eine Operation, durch die man vielleicht wieder sehen konnte. Auch nicht auf seinen besten Freund, der einen dann doch im Stich ließ. Und schon gar nicht auf einen lustigen Nachmittag zu dritt.

Beleidigt lief er hinter den beiden her.

»Hallo, wo steckst du?« Wiebe drehte sich um.

Gerd blieb stehen und packte Kees am Arm. »Zeig mir jetzt den Kletterbaum, von dem du mir geschrieben hast.«

Kees riß sich los. Doch gleich war er wieder auf sich selbst wütend. Er wußte genau, daß er unmöglich war. Wirklich, die anderen konnten gut auf ihn verzichten. »Beleidigte Schönheit« würde Gerds Oma zu ihm sagen.

»Ich weiß nicht, was mit mir los ist«, sagte er mürrisch. Dabei hoffte er doch ein bißchen, daß die beiden ihn verstehen würden.

Gerd schwieg, doch Wiebe sagte: »Du bist wirklich ein feiner Gastgeber.«

»Was du denkst, ist mir völlig piepe«, erwiderte Kees heftig. Er merkte, wie er böse wurde.

Gerd schwieg noch immer.

»Gut, dann nicht«, sagte Wiebe ruhig. »Ich laß euch allein. Tschüs.«

»Sei doch nicht so«, sagte Gerd und hielt Wiebe zurück. »So hat Kees es doch nicht gemeint. Er ist ein bißchen durcheinander, weil ich gekommen bin. Hört mal, wer hat Lust auf ein Butterbrot mit Speck und Sirup?« »Ich!« sagte Wiebe.

Kees schwieg beleidigt. Er bohrte mit dem Absatz ein Loch in den Boden.

»Du nicht, Kees?« fragte Gerd gutmütig.

»Nein«, kam die bockige Antwort. Und dann zu Wiebe: »Es sieht grad so aus, als wenn du hier nicht genug zu essen bekämst.«

»Darum geht's doch gar nicht«, rief Wiebe jetzt auch böse. »Aber ich habe Appetit!«

Gerd teilte die Butterbrote aus. Er drückte Kees einfach eins in die Hand, ob er wollte oder nicht. Zögernd biß Kees hinein, es war herrlich, und es schmeckte richtig nach Oma. Er grinste, aber nur einen Augenblick.

»Du, Wiebe«, hörte er Gerd fragen, »was willst du eigentlich werden?«

»Telefonist«, sagte Wiebe. Mehr nicht. Schließlich mußte er Gerd nicht auf die Nase binden, daß man als Blinder keine große Wahl hatte. Aber als Gerd nichts dazu sagte, fügte er doch nach einer Weile hinzu: »Eigentlich hätte ich lieber an einer Maschine gearbeitet.«

»Und warum geht das nicht?« fragte Gerd.

»Eine Ausbildung ist nicht möglich. Wenigstens jetzt noch nicht. Vielleicht später mal.«

»Später, damit speisen sie uns immer ab«, sagte Kees höhnisch. »Und dabei bleibt es dann.«

Wiebe runzelte die Stirn, und Gerd schaute wieder mal verwundert zu Kees hinüber.

»Ich kenne einen Telefonisten bei der Post«, sagte Gerd. »Er hat ein Wochenendhäuschen hinter der Wiese von meiner Oma. Er ist mit seiner Arbeit sehr zufrieden. Aber ich begreife nicht, wie *ihr* das machen wollt, mit all den Knöpfen und Lämpchen . . .«

»Sie machen für uns besondere Apparate«, sagte Wiebe. »Die Post macht das.«

»Kapierst du, alles, um den armen Blinden zu helfen«, sagte Kees spöttisch. Er wußte, daß Wiebe sich darüber ärgern würde.

Gerd schaute verwundert von einem zum andern. Er begriff nichts mehr: Kees und Wiebe waren doch Freunde! Was fiel Kees nur ein? Früher hätte er doch offen gesagt, wenn ihm etwas nicht paßte. Er hatte den Eindruck, daß Kees sich sehr verändert hatte. Es mußte für ihn wirklich verdammt schwer sein. Gerd war plötzlich voller Mitleid, obwohl er genau wußte, daß Kees von Mitleid nichts wissen wollte. Und Wiebe wahrscheinlich genausowenig.

»Du, Kees«, sagte er in die Stille hinein. »Weißt du, daß der Schulleiter meine Oma fast so weit hat, daß sie mich doch weiter auf die Schule gehen läßt?«

»Wirklich?« Kees sagte es so dahin, ohne sich sonderlich zu interessieren. Er fand nichts Besonderes dabei, daß Gerd auf der Schule bleiben und später Lehrer werden wollte.

»Und weißt du, wie er es geschafft hat?« fragte Gerd.

»Na?« Jetzt wurde Kees' Neugier doch geweckt, denn so, wie Gerd seine Neuigkeit vorgebracht hatte, klang es ziemlich geheimnisvoll.

»Ich will später an einer Blindenschule unterrichten«, sagte Gerd in einem so bestimmten Ton, der deutlich machte, daß er sich dann nicht von seiner Oma würde dreinreden lassen!

»Donnerwetter!« platzte Wiebe heraus. »Wann bist du fertig?«

Gerd fing an zu lachen, hörte aber gleich auf, als er sah, daß Kees über eine Wurzel gestolpert war und nur langsam wieder ins Gleichgewicht kam.

»Lach doch weiter!« stieß Kees böse hervor.

»Mensch, sei friedlich«, sagte Gerd und faßte Kees beim Arm.

Das war zuviel für Kees. Wie nach einem Dammbruch kam die ganze aufgestaute Enttäuschung auf einmal zum Vorschein. All sein Ärger und die unerträgliche Spannung der letzten Zeit entluden sich plötzlich in einem Wutanfall. Er trat mit den Füßen, fuchtelte wild mit den Armen in der Luft herum und schrie: »Ihr habt gut reden! Ihr wißt wenigstens, woran ihr seid! Aber ich, ich werde nur hingehalten!«

Klatsch! Wiebe schlug ihm ins Gesicht, und das nicht zu knapp. Er hatte mit voller Absicht und wohlüberlegt zugeschlagen. Aber die Ohrfeige brachte Kees nicht zur Vernunft. Wie ein Wilder stürzte er sich auf Wiebe. Sie rauften verbissen, bis es Gerd endlich gelang, sie auseinanderzubringen.

»Nimm dich endlich zusammen!« schrie er Kees an.

»Für dich ist immer alles einfach!« schrie Kees zurück.

»Du lahmer Vogel, du!«

»Und du bist heute unausstehlich«, sagte Wiebe.

»Komm, wir gehen nach Hause. Laß dir von Frau Soer ein Aspirin geben und leg dich hin. Ich weiß wirklich nicht, was in dich gefahren ist.«

Kees hörte nicht zu. Er hatte zu weinen begonnen. Schluchzend hing er zwischen Wiebe und Gerd, die ihn untergehakt hatten. Gerd sah Wiebe an, doch der schaute starr vor sich hin; nur sein Mund zitterte. Gerd biß sich auf die Lippen.

»Nein«, sagte er auf einmal entschlossen. »Aspirin mag ja gut sein gegen Kopfweh, aber es hilft nichts, wenn's einem dreckig geht. Kees hat Angst, das ist alles!«

»Ich gehe jetzt«, sagte Wiebe hastig. »Ich muß noch für meine Klavierstunde üben.«

»Also, bis nachher«, sagte Gerd erleichtert. »Kees und ich laufen noch ein bißchen.«

Kees nickte. Er putzte sich die Nase, und sie gingen zusammen weiter, während Wiebe umkehrte. Gerd sagte

124

nichts, doch überlegte er krampfhaft, was er mit Kees reden könnte. Der ging schnüffelnd neben ihm her. Plötzlich blieb er stehen und stieß flüsternd hervor: »Ich weiß ja, daß ich mich ziemlich blöd benehme, aber . . .«

Gerd steckte seinen Arm unter den von Kees und lachte: »Ach, laß doch.« Und etwas leiser fügte er hinzu: »Es ist wirklich schlimm für dich . . .«
Kees aber begann wieder zu hoffen. Er hoffte, daß er doch noch einen schönen Samstag und Sonntag mit Gerd verleben würde.

8

Die beiden Tage mit Gerd wurde dann doch noch sehr schön. Aber Kees' Schwierigkeiten blieben. Und am Montag danach geschah etwas.

Die Fensterputzer waren an der Südfront der Schule und an den Wohnhäusern der Kinder beschäftigt. Einer von ihnen arbeitete zum erstenmal hier, und so war eine lange Leiter allen Vorschriften zuwider zwischen zwölf und zwei Uhr am Schulgebäude stehengeblieben.

Es war ein frischer, windiger Tag mit viel Sonne; ein richtiger Märztag, wie man ihn sich wünscht. Die Kinder waren lebhaft und voller Unruhe. Es war Sturm angesagt worden.

Nach dem Mittagessen stürmten die Kinder nach draußen auf die Spielwiese. Marjon und Titia bewunderten die ersten Schneeglöckchen, die sie vorsichtig betasteten. Eine Schar Jungen rannte wie wild umher. Über den Kiesweg hinter den Häusern rasten Pietje Pals und Bobbie mit ihren Rollern, und Jantje Shmitshuizen fuhr hupend in seinem Tretauto. Da waren Zusammenstöße unvermeidlich, doch hätte wohl niemand geglaubt, daß diese spielenden und tobenden Kinder alle blind waren.

Auch Kees, Wiebe und Piet Ruigers waren außer Rand und Band. Sie rauften abwechselnd miteinander. Kees war in seinem Element, denn er wußte, daß er der Stärkste und Schnellste war, so wie früher. Und zum Ringen brauchte man seine Augen nicht. Er war sogar Piet Ruigers gewachsen, der größer und vor allem kräftiger war als er.

Ein kleiner Kreis von Kindern stand um sie herum und feuerte sie an. Sie konnten dem Ablauf des Kampfes ungefähr folgen, weil die sich raufenden Jungen sie keuchend über den Stand des Kampfes unterrichteten.

»Jetzt bin ich oben. Ich habe ihn untergekriegt.«

»Stimmt nicht, er ist unten, ich knie auf seinen Schultern.«

»Nee, Jungens, das ist gelogen! Er ist k. o.!«

»Kees ist Sieger! Kees ist Sieger! Wetten?« riefen die Umstehenden durcheinander.

Kees war ganz außer Atem, aber der Beifall tat ihm so wohl, daß er kein Ende finden konnte. Nachdem er Wiebe besiegt hatte, gab sich endlich auch Piet Ruigers geschlagen. Kees war Sieger und überglücklich. Wiebe und Piet schnauften und lachten.

Zu dritt schlenderten sie davon, Arm in Arm.

Beinah wären sie gegen die Leiter des Fensterputzers gelaufen, der zum Essen gegangen war.

»Neulich bin ich auch schon gegen das verdammte Ding gerannt!« rief Kees, aber diesmal war in seiner Stimme nichts von Ärger zu spüren. Im Gegenteil, diesmal glaubte er, daß er mit der Leiter leicht fertig werden würde.

»Ich steige rauf!« verkündete er laut.

Plötzlich fühlte er sich am Ärmel gezogen. Er erkannte Rikkies Stimme, der ihn fragte: »Darf ich auch? Da oben unter dem Dach sollen alte Schwalbennester kleben.«

»Na komm«, sagte Kees. »Halt dich hinter mir.«

»Tu's nicht, Rikkie!« warnte Cootje.

»Warum denn nicht?« Rikkie lachte.

»Ach, es ist doch nichts dabei!« rief Kees. Er stand schon auf der vierten Sprosse. Es war eine hohe Leiter, die leicht federte.

Rikkie versuchte, sich hinter Kees zu halten, doch kam er natürlich viel langsamer voran als sein größerer Freund.

»Rikkie, nicht höher!« rief Wiebe im richtigen Augenblick. Er hielt die Leiter unten fest und spürte, wie sie schwankte. Sicherlich ließ Kees sie ordentlich wippen.

»Halt dich nur gut fest, Rikkie! Dann kann nichts passieren!« rief Kees.

»Rikkie, komm sofort runter!« Das war Cootjes ängstliche Stimme. »Wenn du nicht sofort kommst, geh ich zu Herrn van der Veer!«

»Laß die Angsthasen da unten ruhig schreien!« rief Kees Rikkie von hoch oben zu. »Es geht doch wunderbar. Ich bring dir ein Schwalbennest mit, wenn ich eins finde.«

»Komm runter, Rik!« ertönte nun Wiebes feste Stimme. »Das ist gefährlich. Wenn du nicht sofort tust, was ich sage, komm ich dich holen!«

Der arme kleine Rikkie fühlte sich in all dem Geschrei wie zwischen zwei Feuern. Er wollte so schrecklich gern nach oben, aber ein bißchen unheimlich war es ihm doch. Langsam stieg er mit seinen kurzen Beinchen von Sprosse zu Sprosse. Er zitterte. Doch vorm Runtersteigen graute ihm jetzt fast noch mehr als vorm Weiterklettern. Wenn er nur bei Kees wäre, dann wäre alles gut.

Plötzlich spürte er, wie sich die Leiter stark bewegte, und zu gleicher Zeit hörte er von unten Wiebes Stimme: »Jetzt komme ich dich holen. Hab keine Angst.«

»Los, Rikkie, beeil dich!« schrie ihm Kees von oben zu. »Sonst kriegt er dich noch!«

Rikkie brach der Angstschweiß aus. Er zitterte am ganzen Körper. Beim nächsten Schritt verfehlte er die Sprosse. Er versuchte noch sich festzuhalten, aber er fiel.

Er schrie nicht einmal. Die Kinder merkten es erst, als sie den dumpfen Aufprall hörten. Dann war es still.

Kees und Wiebe waren wie erstarrt auf der Leiter stehengeblieben. Wiebe hatte den kleinen Jungen an sich vorbei fallen hören. Es dauerte eine Weile, bis jemand ein Wort herausbrachte.

Dann sagte Cootje: »Mein Gott!« Und sie bückte sich und streckte tastend ihre Hände aus. »Wo ist er?« Sie fand ihn sofort. Rikkie lag regungslos da. Cootje tastete ihn ab. »Leben tut er noch!« brachte sie mühsam hervor, und dann rannte sie plötzlich davon. »Herr van der Veer, Herr van der Veer!!« Aus ihrer Stimme klang deutlich ihr Entsetzen.

Die anderen standen noch immer da wie gelähmt. Die kleine Titia kniete neben Rikkie und betastete ihn. Wiebe war längst schon wieder auf dem Boden, und Kees stieg langsam die Leiter hinunter. Seine Knie zitterten, und er hatte Mühe, die Sprossen zu finden. Als er endlich unten angelangt war, sagte er leise und mit heiserer Stimme zu Wiebe: »Idiot!«

Wiebe antwortete nicht. Und Kees konnte ja nicht sehen, wie er sich auf die Lippen biß und abwechselnd rot und bleich wurde. Da standen sie nun beide neben dem wie leblos daliegenden Rikkie, umringt von der Schar schweigender Kinder. Plötzlich waren sie Feinde.

Herr van der Veer kam angerannt, dann die Krankenschwester. Rikkie wurde auf eine Trage gelegt und weggebracht, ohne daß eins der Kinder auch nur ein Wort gesagt hätte. Nachdem Herr van der Veer beruhigend auf sie eingeredet hatte, liefen sie bedrückt auseinander. Auch Kees und Wiebe gingen fort, aber jeder seinen eigenen Weg. Sie wußten, daß der eine den anderen vorläufig nicht ertragen konnte.

Plötzlich wurde die Stille von Cootjes schriller Stimme durchbrochen: »Mörder«, schrie sie, »elende Mörder!«

130

Wiebe, auf dem Weg in den Wald, hörte Cootje schreien und zuckte zusammen. Kees, der schon das Haus erreicht hatte, in dem er wohnte, drehte sich auf der Schwelle um und sagte mit tonloser Stimme: »Ich habe keine Schuld!« Dann schoß er ins Haus, rannte im Wohnzimmer die kleine Marjon über den Haufen und flog die Treppe hinauf. Im Schlafraum warf er sich aufs Bett und blieb dort unbeweglich liegen, völlig verkrampft, die Zähne fest aufeinandergebissen und die Hände zu Fäusten geballt.

Von unten drangen Geräusche zu ihm herauf. Er hörte aufgeregte Stimmen und das laute Schluchzen von Cootje. Dazwischen klang die beruhigende Stimme von Frau Soer, die sie offenbar trösten wollte. Als ob da ein Trost möglich wäre!

»Ich hab keine Schuld, ich hab keine Schuld!« stieß Kees zwischen den Zähnen hervor.

Er wußte selbst nicht, wie lange er so gelegen hatte. Unten war es still geworden. Etwas später brachte Frau van der Vliet Jantje und die kleine Marjon herauf, die mittags schlafen sollten. Sie gingen ins Badezimmer; man hörte Wasser laufen. Frau van der Vliet lachte über irgend etwas. Wie konnte sie nur!

Langsam kam Leben in Kees. Er packte das Kopfkissen mit beiden Händen, als ob es etwas wäre, woran man sich festhalten konnte. Er atmete kaum.

»Laß sie nur kommen«, murmelte er in sein Kissen.

Frau van der Vliet kam in den Schlafraum; sie hatte

Jantje auf dem Arm. »Ach, da ist ja Kees! Hast du denn nicht Schule, sag mal? Die andern sind alle weg.«

»Ich geh nicht«, brummte Kees unverständlich.

»Was sagst du?«

»Ich geh nicht!« wiederholte Kees laut.

Frau van der Vliet sagte nichts. Sie steckte Jantje ins Bett und ging zum Fenster. Kees hörte das Geräusch von Vorhängen, die zugezogen wurden.

»Ich meine, du solltest doch gehen, Kees«, sagte Frau van der Vliet sanft.

»Man sollte allerlei«, brummte Kees vor sich hin. Natürlich würde sie jetzt Frau Soer holen. Und wenn auch Frau Soer ihn nicht in die Schule kriegen konnte, würde man Herrn van der Veer benachrichtigen. Kees war entschlossen, nicht zu gehen, und wenn sie ihm auch Herrn van der Veer auf den Hals hetzten. Er weigerte sich, zur Schule zu gehen, neben Wiebe zu sitzen und sich die Vorwürfe und das blöde Geflüster anzuhören. Wiebe traf die ganze Schuld und nicht ihn. Wäre Wiebe nicht hinaufgestiegen, dann wäre nichts passiert.

Kees steigerte sich immer mehr in Wut. Aber nichts geschah, überhaupt nichts. Weder kam Frau Soer, noch erschien Herr van der Veer. Es blieb still im Zimmer, und nur Jantjes leiser Atem zeigte Kees, daß er nicht allein hier oben war.

Sicher lag Rikkie auch im Bett, irgendwo im Krankenhaus. Ob er überhaupt noch lebte? Er war so schrecklich still gewesen. Er hatte auch keinen Ton von sich gegeben, als sie ihn auf die Trage gelegt und fortgebracht hatten. Und auch die Schwester hatte nichts gesagt. Nur Herr van der Veer hatte versucht, sie alle zu beruhigen. Und vielleicht Cootje besonders. Ein rauher Ton kam aus Kees' Kehle. Und Wiebe? Was Wiebe nun wohl machte? Der war bestimmt in der Schule und saß brav auf seinem Platz, weil sich das so gehörte. Und natürlich war er überzeugt, daß er − Kees − an allem schuld sei! Denn Wiebe tat nie etwas Verkehrtes, Wiebe war immer vernünftig, Wiebe drehte nie durch, nie! Wiebe war eben ein Prachtkerl! Nur er, Kees, war der größte Idiot, den es auf der Welt gab. Er hatte Rikkie auf die Leiter gelockt − als ob Rikkie nicht selbst hinauf gewollt hätte! −, nun fehlte nur noch, daß sie behaupteten, er, Kees, habe ihn runtergeschmissen!

Wenn Wiebe es nur einmal wagte, ihm Vorwürfe zu machen, dann könnte er aber etwas erleben! Verdreschen würde er ihn, diesen scheinheiligen Typ! Wenn er nur ein Wort sagte, würde er ihn so verdreschen, daß er ein blaues Auge bekäme. Um Wiebes Augen wäre es sowieso nicht schade.

Kees schlug ein paarmal mit der Faust aufs Kissen, immer wütender. Aber das Schlagen auf dieses stumme, tote, nachgiebige Ding brachte ihm nicht die geringste Erleichterung.

Er trat gegen die hölzerne Bettwand am Fußende, daß

es krachte. Jantje stöhnte im Schlaf. Vielleicht würde er aufwachen. Kees verhielt sich wieder ruhig. Und auf einmal stiegen ihm Tränen in die Augen. Ekelhafte Tränen, gegen die er ohnmächtig war und die langsam nasse Flecken auf seinem Kissen bildeten. Er zitterte am ganzen Körper und schluchzte. Allmählich wurde er müde, und seine Arme und Beine wurden schlaff und schwer. Das krampfhafte Schluchzen ließ nach, und er weinte nur noch leise vor sich hin.

Unmerklich geriet er in einen Zustand, in dem das Denken aussetzte. Nur Bilder von Rikkie schwebten ihm noch vor Augen: Rikkie flötend auf dem Dach des Schuppens, Rikkie zu Sankt Nikolaus mit seiner Harmonika, Rikkie bei Tisch, immer als letzter mit dem Essen fertig, weil er vor sich hinträumte.

Kees erschrak, denn Jantje redete im Schlaf. »Ich will nicht, ich will nicht«, murmelte er. Was einen kleinen Kerl wohl so beschäftigte, dachte Kees.

Da fiel ihm wieder Rikkie ein. Ob er noch lebte? Ob er einen Schädelbruch hatte? Mußte er dann sterben? Vielleicht hatte er aber auch nur eine schwere Gehirnerschütterung. Sobald Kees mehr an Rikkie und weniger an sich selbst dachte, wurde er ruhiger. Nicht, daß er wegen Rikkie keine Angst gehabt hätte! Aber es war eine andere Angst als die, die ihn vorher gepackt hatte, nicht diese Angst, die ihn verkrampft gemacht und ihn mit Wut erfüllt hatte.

Doch als er wieder daran dachte, wessen Schuld es eigentlich war, stieg die Empörung wieder in ihm hoch. Und er murmelte trotzig vor sich hin: »Ich habe es nicht getan, es ist nicht meine Schuld. Wenn Wiebe nicht . . .«

Und von neuem drehten sich seine Gedanken um diesen einen Punkt. Niemals würde er eine Schuld anerkennen, niemals. Und wenn Wiebe . . .

Jemand klopfte an die Tür. Wer konnte das nur sein? Hier klopfte doch nie jemand an. Herr van der Veer kam herein. Mit leisen Schritten näherte er sich dem Bett von Kees. Kees wandte den Kopf zur anderen Seite und wischte sich die Nase an der Bettdecke ab. Herr van der Veer berührte ganz leicht, so wie er das öfter tat, Kees' Schulter. »Ich wollte dir nur sagen, daß Rikkie noch lebt. Er hat eine Chance durchzukommen. Es ist ein Schädelbasisbruch. Er liegt im Krankenhaus. Wir wollen das Beste für ihn hoffen.«

Kees gab keine Antwort. Herr van der Veer blieb eine ganze Weile an seinem Bett stehen. Aber Kees verharrte in Schweigen.

»Wenn du Wiebe triffst, Kees, sagst du es ihm? Ich habe ihn nirgends finden können, und ich muß jetzt gleich fort. Willst du das tun?«

Kees bewegte den Kopf. Das konnte »ja« und »nein« bedeuten. Aber er wußte genau, daß er nicht mit Wiebe sprechen würde. Jedenfalls war es gut zu wissen, daß Rikkie noch lebte. Wenn er nur am Leben blieb!

Herr van der Veer ging leise hinaus, ohne noch etwas zu sagen. Vor Jantjes Bett blieb er einen Augenblick stehen. Kees war fast enttäuscht, als sich die Tür dann hinter ihm schloß.

Mit großem Gepolter kam Fred ins Zimmer, um etwas aus seinem Schränkchen zu holen. Er wußte nicht, daß Kees im Schlafraum war, und Kees verhielt sich mäuschenstill. Er hörte, wie Fred »verdammt« brummte und dann »ah, hier ist es doch!« Fred ging wieder nach unten, zum Teetrinken. Ob Wiebe auch zum Teetrinken kommen würde?

Herr van der Veer hatte ihn nicht finden können. Wiebe war also auch nicht in der Schule gewesen. Das war doch ein Beweis dafür, daß er sich schuldig fühlte. Oder . . .

Ob er jetzt nicht auch nach unten gehen sollte? Er könnte so tun, als ob nichts geschehen wäre. Niemand würde ihm etwas ansehen. Das war immerhin ein Vorteil in diesem Blindenverein. Er zögerte, rutschte von seinem Bett und setzte sich unentschlossen auf die Bettkante. Ihm war kalt geworden. Ein Frösteln lief ihm über den Rücken. Unten war es sicher warm. Obwohl er todmüde war, stand er endlich auf. Ein merkwürdiges Gefühl überkam ihn, ein Gefühl der Leere. Langsam ging er durch das Badezimmer zur Treppe. Als er schon fast ganz unten war, stieß er mit jemandem zusammen. Es war ein Junge, der kein Wort sagte. Die Wolljacke fühlte sich wie die von Wiebe an. Es war

Wiebe! Wortlos gingen sie aneinander vorbei, Kees herunter, Wiebe hinauf.

Kees dachte überhaupt nicht daran, Wiebe zu sagen, worum ihn Herr van der Veer gebeten hatte. Plötzlich war er wieder voller Groll und Erbitterung. Mit verbissenem Gesicht ging er einen Augenblick später ins Wohnzimmer. Nur Frau Soer sah ihn; sie sagte nichts. Der Tee war alle. Nur ein Becher Milch war noch für ihn übrig. Ihm war schlecht, und er fühlte sich ausgelaugt. Ohne ein Wort zu sagen, ging er zum Radio und setzte sich zu den andern. Doch sein Stillschweigen half ihm nichts, denn Cootje sagte sofort: »Da ist er doch!« Und schon fühlte er, wie sie mit ihrer Hand an seinem Pullover entlangstrich, um sich zu vergewissern.

»Nimm deine Pfoten weg!« schnauzte Kees sie an.

»Mensch, benimm dich!« erwiderte Cootje böse. »Bei dir tickt's wohl nicht richtig, wie?«

Kees hielt den Mund. Er fühlte sich ohnmächtig in seiner Wut. Am liebsten hätte er laut geschrien. Aber irgend etwas hinderte ihn daran. Er war zu müde. Er stand auf und schlenderte zum Ausgang. Er nahm seinen Mantel vom Kleiderhaken und ging nach draußen. Die Füße über den Boden schleifend, lief er ein Stückchen. Seine Gedanken drehten sich immer um dasselbe: Es ist nicht meine Schuld, es ist Wiebes Schuld. Wiebe, der nie etwas verkehrt machte, hatte es getan. Wäre er nicht die Leiter raufgestiegen, hätte er Rikkie keine Angst gemacht, dann wäre Rikkie ohne weiteres zu ihm nach oben gekommen, und sie wären beide sicher wieder unten angelangt. Ohne weiteres. Es war nicht einzusehen, was da hätte passieren sollen.

Oder doch . . . Oder doch . . . Oder doch?!

Nein, nein und nochmals nein! Er durfte sich selbst nichts einreden, nur weil sich alle so verrückt benahmen. Ihn traf keine Schuld, nicht die mindeste! Verdrossen und Selbstgespräche führend, lief Kees die Wege ab. Bald mußte es Essenszeit sein. Ein scharfer Wind war aufgekommen. Brrr. Er schlug den Kragen seines alten, verschlissenen Mantels hoch. Er könnte mal wieder einen neuen brauchen. Ach, Blödmann, der er war! Wie konnte er jetzt an einen neuen Mantel denken!

Sein leerer Magen und die Kälte trieben ihn endlich ins Haus. Er kam noch gerade zur rechten Zeit. Als Frau Soer »guten Appetit« wünschte und alle mit den Löffeln zu klappern begannen, erschien er in der Tür des Eßzimmers. Keiner sagte etwas zu ihm. Aber als er sich hinsetzte, trat ihm jemand gegen das Schienbein. Das konnte nur Adele sein, die ihm gegenüber saß. Neben ihm mußte Wiebe sitzen. Kees machte sich so dünn wie möglich, um ihn nur ja nicht zu berühren. Das gelang ihm natürlich nicht, doch taten beide so, als ob sie nichts merkten.

Beim Essen herrschte beinah völliges Schweigen, denn selbst die Kleinen sagten kaum ein Wort.

»Es ist langweilig heute, nicht, Frau van der Vliet?«
Das war Marjons hohe Stimme.
»Iß deinen Teller ordentlich leer«, war alles, was Frau
van der Vliet antwortete.

Und zum erstenmal, seit Kees hier im Hause war,
drehten Wiebe und er sich den Rücken zu, als sie in ihren Betten lagen, und taten so, als ob sie schliefen. Am
anderen Morgen, als Kees mit schwerem Kopf wach
wurde, war Wiebes Bett schon leer und gemacht.

An diesem Morgen, noch ehe die Schule begann, wurden sie beide zu Herrn van der Veer gerufen. Er teilte
ihnen mit, daß Rikkie die Nacht überstanden habe und
daß damit für ihn die Chance, durchzukommen, ein
wenig größer geworden war.
»Danke, Herr van der Veer«, sagte Wiebe heiser. Er
rannte aus dem Zimmer, an Kees vorbei, der schweigend dastand.
»Bleib noch einen Augenblick, Kees«, sagte Herr van
der Veer freundlich. »Setz dich doch, wenn du willst.«
Aber Kees schüttelte den Kopf und blieb stehen. Er
versuchte, Herrn van der Veer zu erkennen, aber er
sah nichts.
»Ich möchte, daß du dich setzt, Kees«, erklang nun
wieder die freundliche Stimme des Leiters. Viel zu
freundlich, fand Kees. Ihm wäre lieber gewesen, Herr

van der Veer hätte geschimpft, dann wäre es leichter gewesen, bockig zu bleiben. Widerwillig ließ er sich auf den Stuhl fallen und blieb steif und am äußersten Rand sitzen. Nach alter Gewohnheit hielt er den Kopf ein wenig schräg, aber er sah noch immer nichts. Nur den hellen Fleck des Fensters.

»Kees«, sagte Herr van der Veer ernst, »du bist auf dem besten Wege, dir alles selbst zu verderben. Ich weiß nicht, ob du das merkst. Ich will hier gar nicht von dem Unglück mit Rikkie sprechen. Daran seid ihr beide schuld. Es kam so viel zusammen, daß die Leiter dort stand, dein Übermut, Wiebes Unbesonnenheit und Rikkies Angst. Es ist schlimm genug, daß so etwas passieren konnte, und ich möchte deswegen eigentlich keine bösen Worte mehr verlieren, weil ich glaube, daß ihr beide schon genügend darunter leidet. Wiebe noch mehr als du. Wiebe frißt alles in sich hinein, und er macht sich Vorwürfe. Bei dir bin ich nicht so sicher. Du bist reizbar geworden in der letzten Zeit und fühlst dich allein und machtlos. Ist das nicht so, Kees? Du hast Angst, Angst, daß du völlig blind wirst, oder?«

Herrn van der Veers Stimme klang jetzt so eindringlich, daß Kees gegen seinen Willen mit dem Kopf nikken muße.

»Es tut mir leid, mein Junge, daß wir noch immer keine Nachricht aus Amsterdam haben. Du weißt, daß ich es dir dann sofort sagen würde. Aber so etwas zieht sich oft sehr lange hin. Damit *mußt* du dich abfinden, Kees.

Du beneidest Wiebe um seine Ausgeglichenheit. Und du möchtest auch so sein. Nun kannst du manches von dir verlangen, aber nicht, so ausgeglichen zu sein wie Wiebe. Dazu braucht man Zeit. Blindsein ist schrecklich. Und zu merken, daß man immer weniger sehen kann so wie du, ist noch schrecklicher. Du hast noch nicht gelernt, blind zu sein, Kees. Aber wenn es sein muß, dann wirst du es lernen; davon bin ich überzeugt. Du bist doch ein Junge mit einer positiven Einstellung, und die hat man bitter nötig, um mit dem Blindsein fertig zu werden. Viel mehr, als wir Sehenden vermutlich je begreifen.«

Herr van der Veer hatte die letzten Worte sehr langsam gesprochen, fast mehr zu sich selbst als zu dem Jungen, und in der Stille, die darauf folgte, zog Kees leise die Nase hoch. Er hörte Herrn van der Veer atmen.

»Mach keine Dummheiten mehr, Kees, um zu zeigen, was du noch kannst«, fuhr Herr van der Veer fort. »Und sei nicht eifersüchtig auf Wiebe.«

Als Kees immer noch schwieg, stand Herr van der Veer auf. Er ging zu seinem Schreibtisch und holte offenbar etwas von dort. Es war ein Stück Papier, das hörte Kees am Rascheln.

»Dies ist ein Brief an den Professor, Kees. So etwas tue ich eigentlich nie, aber deinetwegen habe ich ihm geschrieben und ihm gesagt, in welcher Spannung du lebst. Du kannst ihn selbst zwischen zwölf und zwei

Uhr mit einem der größeren Jungen zur Post bringen. Willst du?«

Begierig streckte Kees seine Hand aus. Er sprang auf: »O ja, gern!«

»Das wäre also in Ordnung«, sagte Herr van der Veer. »Oder nein. Vielleicht solltest du nachher wiederkommen und den Brief bei mir abholen. In deiner Hosentasche wäre er wirklich nicht so gut aufgehoben.«

Kees lachte. »Stimmt«, sagte er.

»Also gut!« Herr van der Veer legte seine Hand auf Kees' Schulter. »Und wenn Willem, Wiebes Bruder, mit dir geht, dann darf Wiebe mit. Er kann bald ebenso gut mit dem Stock gehen wie Willem.«

Am Nachmittag gingen drei blinde Jungen die Hauptstraße des Dorfes entlang. Der größte ging voran und hielt sich genau an die Vorschriften, als sie die Seitenstraßen überquerten. Die beiden anderen folgten ihm dicht auf den Fersen und so, daß ihre Ellbogen stets Fühlung miteinander hatten. Sie lachten alle drei über irgend etwas. Eine Frau, die in einem der Vorgärtchen mit ihrer Nachbarin einen Schwatz hielt, schaute ihnen kopfschüttelnd nach und meinte: »Wie ist das möglich, daß Blinde so fröhlich sein können?«

9

Die Antwort ließ lange auf sich warten. Aber selbst Kees war in diesen Tagen mit seinen Gedanken mehr bei Rikkie als bei seinen eigenen Problemen. Länger als eine Woche schwebte Rikkie zwischen Leben und Tod. Täglich gingen Berichte ein, doch das erlösende Wort kam nicht.

Endlich an einem Samstagnachmittag, mitten in der Unterrichtsstunde, betrat Herr van der Veer den Klassenraum und verkündete:

»Rikkie hat es geschafft. Eben hat der Arzt angerufen. Rikkie ist außer Gefahr. Ich glaube, daß wir alle glücklich sind, aber ganz besonders sicher Kees und Wiebe. Meinen Sie nicht auch, Herr van der Sloot?« Er wandte sich an den Klassenlehrer. »Ich hoffe, Sie nehmen es mir nicht übel, daß ich deswegen den Unterricht unterbrochen habe.«

»Nicht im mindesten«, sagte Herr van der Sloot. »Jetzt wird die Klasse bestimmt doppelt gut rechnen.«

Ein Hohngelächter erhob sich.

»Hab ich etwa nicht recht? Dann wollen wir Rikkie zu Ehren etwas anderes machen!«

»Aufträge, Herr van der Sloot! Wir wollen Aufträge üben!« schrien alle durcheinander. Die Kinder fuchtelten aufgeregt mit den Armen und standen von ihren Plätzen auf. »Einverstanden!« rief der Lehrer. »Aber dann muß auch jeder von euch zeigen, was er kann. Abgemacht?«

»Darauf können Sie sich verlassen!« rief Cootje, und Kees merkte ihrer Stimme an, daß sie lachte. Junge, was war er froh, daß Cootje nicht mehr böse auf ihn sein konnte. Vorgestern, als sie direkt neben ihm saß, hatte er ganz kurz ihr Haar betastet. Es war kräftig und fest und lockig. Später hatte er dann ganz nebenbei Frau Soer gefragt, welche Farbe Cootjes Haar hatte. Schwarz war es, genau wie er immer gedacht hatte. Na ja, im Grunde war das ja gleich, aber es freute ihn trotzdem . . . Wenn er sich vorstellte, daß er operiert würde und daß alles gut ging und er wieder sehen könnte – oh, dann würde er sich Cootje aber ganz genau anschauen!

»Warum grinst du so, Kees?« fragte plötzlich Herr van der Sloot.

»Ach, nur so«, antwortete Kees mit einem abwesenden Lächeln.

»Na, dann komm mal schnell her und hol dir deine Aufgaben. Und mach's gut!«

Kees griff nach dem steifen Blindenschreibpapier und ging damit auf seinen Platz zurück. Seine Finger flogen über die Pünktchen. Bei Übung Nr. 5 mußte er wieder lächeln. »Näh einen Knopf auf einen Lappen«, sagte er halblaut.

Hinter ihm flüsterte Adele Cootje zu: »Du, hör mal eben, was kosten zwei Dosen Hautcreme, 300 Gramm Toffees und drei Päckchen Kartoffelmehl zusammen?«

»Sieh doch nach, wenn du's nicht weißt«, sagte Cootje. »Ich kann dir im Augenblick nicht helfen. Ich hab zuviel zu tun.« Sie war gerade dabei, die Knoten in einem Stück Schnur aufzumachen.

Es war ein Laufen und Rumoren in der Klasse. Alle redeten durcheinander, und die Tür ging auf und zu, weil viele etwas außerhalb der Klasse zu erledigen oder zu suchen hatten.

Um das Pult des Lehrers drängten sich aufgeregt die Kinder. Jeder hatte auf seinem Papier zehn ganz verschiedene Aufgaben stehen, zu deren Lösung man allerlei beim Lehrer holen mußte: einen Wecker, eine Schere, eine Schraube, einen Schraubenzieher oder Nähzeug, wie Kees zum Beispiel. Der Lehrer hatte alle Hände voll zu tun. »Schön der Reihe nach, jeder kriegt, was er braucht!« rief er in den Lärm. Das Geklapper von drei Blindenschreibmaschinen tönte durch die Klasse. Wiebe arbeitete an der Nietmaschine. Adele mußte zwei Nägel in ein Stück Holz schlagen. Piet Ruigers kam lärmend mit einer Büchse Kieselsteine zurück.

Kees, der unterdessen seinen Knopf angenäht hatte – besonders gut war es nicht geworden –, ließ seine Finger über ein Rätsel gleiten. Aus einer Reihe von Silben mußten Wörter gebildet werden: lon-kin-vil-der-pa, pa-lon-vil-der-kin, kin-der-lon-vil-pa . . .

Cootje hatte ihre Knoten aufgeknüpft und mußte danach ein halbes Pfund Zucker abwiegen. Eine andere Aufgabe waren die Namen von vier nordafrikanischen Staaten, die sie aufschreiben sollte. Sie sang laut durch die Klasse: »Marokko, Algerien, Libyen und Ägypten! Marokko, Algerien, Libyen und Ägypten! Unser Rikkie soll leben!«

»Aber Cootje«, rief Herr van der Sloot, »kannst du nicht etwas ruhiger sein? Stell dir doch mal vor, wenn jeder sich so laut freuen würde!«

»Aber ich bin nicht jeder«, sagte Cootje. »Wiebe zum Beispiel ist so stumm wie ein Fisch, wenn er lustig ist. Hören Sie nur, er muckst sich nicht. Wenn Sie nun Wiebe und mich addieren und uns beide dann durch zwei teilen . . . Na ja, dabei kommt auch nichts heraus, lassen Sie es ruhig sein«, unterbrach sie sich selbst, als der Lehrer »na, na, na« sagte.

»Ich werde so still wie möglich sein«, versprach sie dann, »aber ich kann für mich nicht garantieren. Übrigens ist Kees auch ein bißchen verrückt.«

Kees war mit dem Stift beschäftigt und sagte dabei laut zwei Sprichwörter vor sich hin: »Besser ein halbes Ei als eine leere Schale. Besser ein weher Zeh als ein gebrochenes Bein.«

»Das nennt der *Sprich*wörter!« platzte Cootje heraus. »Besser zu heiß gebadet als sich den Rücken ver-

146

brannt«, fuhr Kees fort, ohne sich stören zu lassen. »Nein, es heißt anders! Besser. . .«

»Besser schnell den Mund gehalten, als sich mit Schimpf und Schande bedeckt«, ergänzte Wiebe, indem er sich halb zu Kees umwandte.

Kees lachte. Er freute sich, daß sie keine Feinde mehr waren und wieder miteinander sprechen konnten.

»Sag mal, wieviel Stufen hat die Treppe zur Bibliothek?« fuhr Wiebe fort. »Und weißt du, wie die Emsmündung heißt?«

»Um Himmels willen, jetzt ist Wiebe auch schon verrückt geworden«, seufzte Cootje. »Wie die Emsmündung heißt! Wie soll ich da noch ein Liedchen pfeifen? Muß ich's richtig laut pfeifen, Herr van der Sloot? Hier steht, daß es ›Ein Männlein steht im Walde‹ sein soll. Muß ich dazu nach vorn kommen?«

»Bleib nur an deinem Platz, Cootje, und mach's gut!«

Cootje gab sich große Mühe, aber sie brachte nicht einen Ton heraus. Adele und Miesje Verhaaf fingen an zu kichern. Cootjes Prusten war richtig ansteckend.

»Kinder«, hörte man nun die Stimme des Lehrers vorn in der Klasse. »Ich freue mich, daß ihr alle fröhlich seid, aber so geht's denn doch nicht. Hier nebenan wird unterrichtet. Von jetzt ab erledigt ihr alle Aufgaben ruhig und still, ja? Es darf höchstens geflüstert werden!«

»Ich muß ein Paket Waschpulver, fünf Päckchen Rasierklingen und ein Glas Ingwermarmelade im Laden holen«, flüsterte Marietje, während sie sich zwischen Kees und Wiebe hindurchquetschte. Der »Laden« war in der Ecke des Klassenzimmers, wo hinter dem Tisch mit der Waage und den Gewichten ein großer Schrank mit allen möglichen Waren stand. »Ein Paket Waschpulver, fünf Päckchen Rasierklingen und ein Glas Ingwermarmelade«, wiederholte sie nervös, während sie den Schrank öffnete.

Kees war fast fertig. Noch zwei Aufgaben blieben zu lösen; die lustigste hob er sich bis zuletzt auf. Er notierte noch eben in Stenografie: »Ich gehe sehr oft zu meinem Onkel, weil er so viele Katzen hat.« Dann ging er zu Cootje hinüber und klopfte ihr auf die Schulter. »Hör mal!« sagte er. »Auf meinem Aufgabenzettel steht, daß mir jemand ein einzelnes Haar ausreißen muß und daß ich es in eine Tüte tun soll. Na los!«

»Pff«, machte Cootje, »ich soll dir ein Haar ausreißen? Ich schaff es doch nie, so 'n Ding zu erwischen!« Kees fühlte, wie sie es probierte. »Ich hab immer gleich eine ganze Menge! Jesses, du hast aber auch harte Haare wie ein Köter!«

»Es darf aber nur ein einzelnes sein, hörst du?« sagte Kees noch einmal.

»Ich glaube, jetzt habe ich ein einzelnes«, sagte Cootje, »aber ich bin nicht sicher.« Sie riß ihm ein Haar aus. »Hier nimm! Ich hab's zwischen Daumen und Zeigefinger.«

Kees tastete ihre Hand ab, fand das Haar und nahm es

vorsichtig. Es war aber so dünn, daß er eigentlich nichts fühlte. Er wurde unsicher: »Hab ich's nun wirklich?«

Cootjes Finger tasteten Kees' Hand ab; sie griff das Haar und zupfte ein wenig daran.

»Ja, ich hab es«, sagte Kees, als er den Ruck spürte.

»Haben ist haben, aber behalten, *das* ist die Kunst!« neckte Cootje ihn und zog ihm das Haar weg.

»Her damit!« schrie Kees und griff auf gut Glück nach ihrem Arm. Er hielt ihre Hand fest und nahm das Haar. Was war das bloß für ein verteufelt mickriges Ding! Kaum hatte er es Cootje weggenommen, fühlte er es selbst wieder nicht mehr. Ja, er hatte es doch. Das Haar triumphierend in der Hand, ging Kees nach vorn zum Pult. »Kann ich eine Tüte haben?«

»Hol dir eine im Laden!«

Zwei Schritte weiter, gleich am Fenster, war der sogenannte Laden. Die Tüten lagen auf dem Tisch neben der Waage.

Kees öffnete vorsichtig eine mit der linken Hand und drei Fingern seiner rechten. Feierlich ließ er das Haar in die Tüte fallen, indem er Daumen und Zeigefinger genau über der Öffnung der Tüte langsam spreizte.

»So, das hätten wir«, sagte er zufrieden, und dann brachte er es Herrn van der Sloot zur Kontrolle. »Ich bin fertig«, erklärte er stolz, »mit allem.«

»Schön, bring mir dann auch die anderen Sachen. Wiebe ist erster, und du bist zweiter. Eine gute Lei-

149

stung für einen Jungen, der gerade erst ein halbes Jahr
bei uns ist! Mach nur so weiter.«

Kees wurde rot vor Freude. Aber die Worte »mach nur
so weiter« jagten ihm einen Schrecken ein. Herr van
der Sloot mußte doch wissen, daß er Hoffnung – eine
ganz kleine Chance – vielleicht . . .

Langsam ging er zu seinem Platz zurück. Er versuchte
sich zu erinnern, wie so ein Haar ausgesehen hatte.
Wie hatte sein eigenes Haar ausgesehen? Merkwürdig,
daß man so etwas vergessen konnte. Und sein Gesicht
– wie sah das jetzt wohl aus? Er mußte sich in dem hal-
ben Jahr sehr verändert haben, denn er war ein ganzes
Stück gewachsen, und seine Stimme hatte sich auch
verändert.

Wiebe und Gerd waren schon im Stimmbruch. Wenn
er das Heim nicht in diesem Sommer verlassen konnte,
dann mußte er im September mit Wiebe zusammen ins
Internat der Großen. Aber für ihn gab es noch eine
Chance. Für Wiebe nicht. Für Wiebe nicht! Und für
Rikkie später auch nicht. Und für so viele andere nicht.

Er saß auf seinem Stuhl und sah aus, als ob er träumte.

»Komm, Kees, beeil dich, sonst sind die andern schneller fertig!« sagte der Lehrer.

Kees hob den Kopf.

Laß sie doch schneller fertig sein, dachte er. Die meisten haben keine Chance mehr. Cootje auch nicht, und
Adele nicht. Aber Adele kümmert mich nicht, dachte
er gleichgültig; die dumme Gans! Na ja, für Adele war

es natürlich auch schlimm. Man konnte sie jetzt krähen hören. Das sollte nun ein Hahn sein! Adele mußte nämlich die Geräusche auf einem Bauernhof nachmachen. Jetzt war der Wachhund an der Reihe. Dann die Hühner. Am besten gelang ihr noch das Schwein.

»Cootje, bist du schon fertig?« fragte Herr van der Sloot. »Es wird Zeit.«

»Ja, sofort«, rief Cootje. »Mir fällt nicht ein, wann die Römer unser Land verlassen haben.«

Gerade als Kees aufstand, um dem Lehrer seine Aufgaben zu bringen, läutete es zur Pause. »Los, Kinder«, rief der Lehrer, »alles sofort abliefern, ob fertig oder nicht. Wir gehen jetzt hinaus!«

Eine wilde Horde stob aus der Klasse, sie fuhren draußen nur halb in ihre Mäntel und rasten die Treppe hinunter.

Kees schubste Wiebe nach draußen. Ein rauher Märzwind wehte ihnen entgegen, doch der Himmel war klar und die Sonne schon warm. Die Stimmen der spielenden Kinder klangen schrill und aufgeregt.

Kees und Wiebe liefen zu Herrn van der Veer, der mit einigen anderen Lehrern auf dem Schulhof auf und ab ging.

»Wann dürfen wir Rikkie besuchen?«

»Vielleicht in der nächsten Woche«, sagte Herr van der Veer. »Aber ich kann es euch nicht fest versprechen.« Dann wandte er sich an Kees. »Wo ich dich gerade sehe – würdest du bitte mal eben mit in mein Büro kommen?« Und er machte kehrt und ging vor Kees her auf das Haus zu.

Kees folgte zögernd. Er spürte am ganzen Körper: Jetzt kommt es, obwohl die Stimme von Herrn van der Veer genau wie immer geklungen hatte.

Sie gingen durch die große Glastür über den Flur und zum Büro. Doch noch bevor sie dort ankamen, legte Herr van der Veer seinen Arm um Kees' Schultern.

»Mach dir nicht zu große Hoffnungen, Junge«, sagte er, »es ist alles noch sehr unsicher.« Kees begannen die Knie zu zittern. »Trotzdem ist die Nachricht, die eben mit der Post gekommen ist, ziemlich gut. Du mußt aber Geduld haben.«

Kees konnte kein Wort herausbringen. Er stolperte fast über die Türschwelle, etwas, was ihm sonst nie mehr passierte. Er hatte das Gefühl, als kriegte er keine Luft mehr.

Im Zimmer forderte Herr van der Veer ihn auf, sich zu setzen. Kees hörte wieder das Rascheln von Papier; gewiß öffnete Herr van der Veer jetzt den Brief. Ob er direkt aus der Augenklinik kam? Kees preßte die Hände zwischen seine Knie.

»Also, sie schreiben mir folgendes, Kees«, begann Herr van der Veer ruhig. »Man möchte dich behandeln. Du sollst eine neue Hornhaut bekommen. Der Erfolg der Operation ist aber durchaus nicht sicher. Denk daran. Man will dir diese Chance nur geben, weil deine Augen sowieso sehr schlecht geworden sind und nichts verloren wäre, falls die Hornhaut wieder abgestoßen wird. Die Operation wird wohl kaum vor dem Sommer sein können, wahrscheinlich erst im Juli. Du wirst also bis zu den Ferien noch bei uns bleiben. Immerhin besteht die Möglichkeit, die wirklich sehr geringe Möglichkeit, daß du nicht mehr zu uns zurückkehren mußt.«

Herr van der Veer schwieg, und Stille erfüllte den Raum.

Noch immer konnte Kees nichts sagen. Es war, als ob ihm ein dicker Brocken in der Kehle steckte. Aber wie er auch schluckte, er konnte ihn nicht runterkriegen. Er kämpfte gegen die Tränen, während er an tausend Dinge zugleich dachte, die scheinbar ohne Zusammenhang waren: an Vater und Mutter, die unendlich froh sein würden, obwohl sie ihn nicht immer verstanden hatten – an Wiebe, der hier bleiben würde und vielleicht allein ins Internat der Großen gehen müßte, – an Cootje, die im September zu den größeren Mädchen kam, – an Gerd, der schon wußte, daß er später auf die Pädagogische Hochschule gehen würde, um dann hier an der Blindenschule zu unterrichten, – an ihr Hausboot und an die Seen, nach denen er sich so sehnte, – an zu Hause, wo Mutter ihn viel zu sehr behüten würde, – an das Dorf, wo alle über ihn tuschelten und wo sich die Jungen nie wieder so unbefangen wie früher ihm gegenüber verhalten würden. Er sehnte sich wie verrückt nach Hause, aber wie würde es wirklich werden? Würde er sich nicht zurücksehnen in das Blindenheim, wo man geborgen war unter Gleichen und wo man den anderen getrost blindes Huhn schimpfen durfte, ohne daß man jemanden damit beleidigte, und wo man vor dem ekelhaften Mitleid der Sehenden sicher war?

Er hatte Angst davor, daß er wieder zu Hause leben mußte, für immer. Er sehnte sich danach und hatte gleichzeitig Angst davor.

»Ist dir nicht gut?« hörte er Herrn van der Veer fragen. Und im selben Augenblick begannen die Tränen zu fließen.

»Das Warten wird dir sicher schwerfallen«, sagte Herr van der Veer.

Kees schüttelte heftig den Kopf. Nein, *das* fiel ihm nicht schwer, denn er hatte Angst. Nicht vor der Operation, sondern vor dem, was danach kam. Angst vor der Welt der Sehenden, in die er sich wieder einfügen mußte. Angst, Wiebe und Cootje zu verlieren.

»Ich wünsche dir, daß alles gut wird, Kees«, erklang nun Herrn van der Veers Stimme direkt über ihm, und wieder fühlte er die Hand auf seiner Schulter.

Kees hob sein verweintes Gesicht; er lachte und weinte zugleich. Zögernd sagte er: »Ich bin glücklich, aber ich habe auch Angst, daß ich hier weg muß.«

Es blieb eine Weile still, dann sagte Herr van der Veer ruhig: »Wenn du wieder zu uns zurückkommen willst, dann bist du immer herzlich willkommen. Aber jetzt lauf zu deinen Freunden.« Und Kees trabte davon wie ein junges Pferd, das mit einem Klaps auf die Weide geschickt wird.

Er ging sofort auf den Schulhof zu Wiebe, der, an eine Mauer gelehnt, sich mit Piet Ruigers unterhielt.

»Ich werde operiert, im Juli wahrscheinlich.« Seine Stimme überschlug sich, so aufgeregt war er.

»Hast du ein Schwein«, sagte Piet.

»Hoffen wir das beste«, sagte Wiebe.

Mehr nicht. Kees wurde verlegen. Ihre Antworten waren ganz und gar nicht das, was er erwartet hatte. Aber andererseits . . .

»Ich finde es nicht schön, von hier wegzugehen«, sagte er unbeholfen.

»Das glauben wir dir gern«, erwiderte Piet.

»Es ist nicht sicher, ob es gelingt. Und wenn nicht, komm ich zurück«, sagte Kees. Er hatte das Gefühl, daß er etwas gutmachen mußte.

Wiebe schwieg. Ringsherum auf dem Schulhof lärmten die Kinder. Man hörte Rufe und Lachen. Der Kies knirschte unter den vielen Füßen. Hinten hatten zwei miteinander Streit und beschimpften sich gegenseitig mit allen Schimpfwörtern, die ihnen nur einfielen. Die kleine Marjon weinte und rief nach Titia; sicher war sie wieder umgerannt worden. Das Gekicher von Miesje Verhaaf und Adele kam näher. Kees fühlte eine Hand über seinen Ärmel gleiten, und dann hörte er Miesje

155

sagen: »Siehst du wohl, es ist nicht wahr. Adele hat mir weismachen wollen, daß du einen neuen Wintermantel bekommen hättest. Lügnerin!« Kichernd gingen die beiden Mädchen weiter.

»Weiber«, brummte Kees.

Man hörte, daß in die Hände geklatscht wurde. Das war Herr Schreuder. Bei Herrn van der Veer klang das viel lauter und hohler. Hinein, hinein hieß das Händeklatschen. Von allen Seiten hörte man sie kommen: die Großen und die Kleinen, die Langsamen und die Schnellen. Kees erkannte sie an ihren Stimmen und an ihrem Gang. Einige rannten jetzt, da es auf dem Schulhof leer zu werden begann, noch wie die Wilden herum, und jemand warf seinen Roller auf die Erde. Peng! Da ging eine Fensterscheibe in die Brüche. Übrigens kam das äußerst selten vor. Und plötzlich erscholl von der anderen Seite des Spielplatzes Cootjes Stimme so laut, daß sie alle übrigen Geräusche übertönte: »Bravo, kleiner Franzose, laß dich nicht unterkriegen!«

Langsam setzten sich nun auch Wiebe, Kees und Piet in Bewegung. Wiebe schwieg noch immer. Piet erzählte einen blöden Witz, aber niemand hörte ihm zu. Kees' Finger spielten nervös mit dem Kram, den er in seiner Tasche hatte. Er biß sich auf die Lippen. Er wollte etwas sagen, etwas tun – aber er wußte nicht, was. Woher kam es nur, daß man sich in solchen Augenblicken so verflucht hilflos fühlte?

Plötzlich sagte Wiebe mit ziemlich lauter Stimme, wo-

bei er sich offenbar nur mit Mühe beherrschte: »Ich bin froh, daß so ein feiner Kerl wie Gerd später hierher kommt. Du hast uns doch etwas Gutes gebracht.«
Lachend gingen sie ins Haus.

An Rutgers · Die Kinderkarawane

In der Mitte des vorigen Jahrhunderts, als Nordamerika erst zum kleinsten Teil erschlossen und bebaut war, als nur Entdeckungsreisende und Pelzjäger durch die unermeßlichen Wälder und wogenden Prärien streiften, zogen sieben Kinder, geführt von dem 13jährigen John, allein durch den wilden Nordwesten Amerikas. Durch Wälder und Steppen, unter glühender Sonne und eisigen Hagelschauern zogen die Geschwister über den reißenden Schlangenfluß und die Blauen Berge. Sie ertrugen alle Entbehrungen und Gefahren, weil sie den Traum ihrer toten Eltern verwirklichen und Oregon erreichen wollten, das herrliche, gelobte Land in den fruchtbaren Tälern des Columbia-Flusses.

Ein unfaßbares Kinderabenteuer, das im Jahre 1844 tatsächlich stattgefunden hat, wie aus alten Geschichtsbüchern, Tagebucheintragungen amerikanischer Pioniere und Briefen von Augenzeugen hervorgeht, die diesem Buch zugrunde liegen.

VERLAG FRIEDRICH OETINGER HAMBURG

An Rutgers · Pioniere und ihre Enkel
Deutscher Jugendbuchpreis

Siebzehn Menschen sitzen im Wrack eines Charterflugzeuges, das in einem schwer zugänglichen, tief verschneiten Gelände des Appalachengebirges notlanden mußte. Die Verletzten sind notdürftig verbunden; Hunger, Durst und Kälte sind ihre ärgsten Feinde.

Während Flugzeuge und Rettungsmannschaften die Suche nach dem vermißten Flugzeug aufgenommen haben, in den endlosen Stunden und Tagen des Wartens auf Rettung, erzählen die Enkel amerikanischer Pioniere einem schwerverletzten jungen Dänen, der sich auf einer Studienreise befindet, von den Taten ihrer Vorväter, die das Land unter Opfern und Entbehrungen zu dem gemacht haben, was es heute ist.

Ein grandioses Bild des amerikanischen Kontinents, seiner Natur und seiner Menschen entsteht vor unseren Augen, und gleichzeitig erleben wir in atemberaubender Spannung das Schicksal der Flugzeuginsassen.

VERLAG FRIEDRICH OETINGER HAMBURG